京
おこしやす
二つ屋根の下の恋愛協定

一《ひと》つ屋根《やね》の下《した》の恋愛協定《れんあいきょうてい》

茜花《さいか》らら

ILLUSTRATION
周防佑未《すおうゆうみ》

CONTENTS

一つ屋根の下の恋愛協定

一つ屋根の下の恋愛協定

「ことり荘」は東京《とうきょう》都心の、ビジネス街に囲まれた谷間のような場所にひっそりと建っている、築四十年の木造二階建ての下宿屋だ。

ことり荘ができた当初は近隣の大学に通う学生で溢《あふ》れ返り、空き部屋が出てもすぐに埋まる人気の下宿屋だったというが、今は三人の店子《たなこ》を残すのみだ。それも、学生は一人だけ。今日《きょう》び、学生のほうが金持ちらしい。

ことり荘の家賃は食事、光熱費込みで一ヶ月七万五千円。今にも雨漏りしそうな古い物件とはいえ、立地条件も含めれば破格と言える。

ことり荘は開業してから去年まで実に四十年間、小島《こじま》ウメが細腕一本で切り盛りしてきた。若くして伴侶《はんりょ》を亡くして以来、二人の娘を育てていくために必死だったという。街が移り変わっていく様子も見つめてきた。

ことり荘から最寄り駅までを繋《つな》ぐ商店街では「小島」さんの「ことり」荘といえば、ちょっと有名なものだ。

そのウメが、半年前に倒れた。

原因は、持病のヘルニアの悪化。命に別条はないが、年齢も考慮してしばらく安静を言いつけられた。

一時よりは少なくなったとはいえ、三人の店子を抱えたことり荘を留守にしたままで良いわけがない。ウメが腰を押さえたまま一歩たりとも動けなくなった時に救急車を呼び、入院の手配をしてくれた店子たちの面倒を見る代わりの人間が必要だ。

白羽《しらは》の矢が立ったのが、ウメの孫である小島恭《きょう》だった。


「恭さん、……じっとしていてください」

押し殺したような声で囁《ささや》いて、千尋《ちひろ》は恭の腕を掴んだ。

「だ、……っダメだよ千尋くん、こんなの――……」

恭は戸惑《とまど》いながら、小さく首を振る。

朝方、まだ肌寒さの残る台所に恭は千尋と二人きりだ。会社員である乃木《のぎ》は起床してないし、バーテンダーをしている真行寺《しんぎょうじ》はまだ帰宅していない。

ただ一人の店子である千尋は、一八五センチもある体躯《たいく》を屈めて恭に影を落としていた。

「どうしてですか？　俺が、欲しいって言ってるのに」

千尋の切なげな声に、恭はもう一度首を振った。今度は、しっかりと。

「気持ちは嬉しいけど、でも――……こんなの、良くないよ……っ」

目の前の千尋の体に両手をついて、力いっぱい押し返そうとする。

その腕を、千尋がぎりっと掴み上げた。

恭がはっとして顔を上げると、千尋の真剣な顔が近づいてくる。恭は息を呑《の》んで、顔を背《そむ》けた。

「だ、ダメだったら……っ！　千尋くん！」

「恭さん、俺っもうガマンできないんです……！」

両手をついた千尋の体は、熱くさえなっているようだ。

恭は、千尋の胸の上でぎゅうっと両手を握りしめた。

「やっぱり、ダメだよ……っ！　だって、この玉子焼き——焦《こ》げちゃってるんだからっ！」

恭が叫ぶように声を上げる。

台所には、香ばしい匂いが充満していた。

千尋が腕を伸ばそうとする皿の上には煤《すす》のように黒くなった物体がひとつ。かつては玉子焼きだったものだ。

「でも、恭さんが作った物を捨てるなんて、俺にはできませんよ……っ！」

「今すぐ焼き直すから！　こんなの食べたら、千尋くんがお腹壊しちゃうよ！」

恭が渾身《こんしん》の力で抑えようとしても、大きな体をした千尋はまるでブルドーザーのようにじりじりと皿に近づいてくる。

飢えた獣の前で、恭はまるで非力な小動物のようだ。

それでも、こんな失敗作を千尋に食べさせるわけにはいかない。恭は両目を思いきり瞑《つむ》って、千尋の胸に全身の力を預けた。

「——君たち、何やってるんですか」

その時、台所の入口から怜悧《れいり》な声がして、千尋の体がびくっと竦《すく》んだ。

「乃木さん！　おはようございます」

腰が引けた千尋の体をぐいと押しやって、恭はその脇から顔を覗《のぞ》かせた。

乃木は既に出勤準備を整えて食堂に降りてきたようだ。濃い色のスーツを身に着け、濡れたように黒い髪を緩《ゆる》く後ろに撫で付けている。

「あー、助かりました。千尋くんってば焦げた玉子焼きを食べようとして……」

ようやく玉子焼きを諦《あきら》めてくれたのか、千尋は恭が促《うなが》すまま体を反転させて、台所の入口に向き直る。その千尋とシンクの上の消し炭を交互に一瞥《いちべつ》して、乃木が小さく息を吐いた。

「……まったく、油断も隙もありませんね」

眼鏡の中央を押さえながらつぶやいた乃木の声は、恭の耳まではっきりと届かない。ただ、乃木の鋭い視線に貫かれた千尋は大きな体を丸めて縮こまっている。

乃木もお腹をすかせているのだろうか？　千尋じゃあるまいし、焦げていてもいいからすぐに玉子焼きを食べたいくらい。

恭は小さく首を傾《かし》げて、エプロンの紐《ひも》を結び直した。

「さあ、じゃあ朝ご飯にしましょう！　玉子焼き焼き直すから、千尋くんは、ご飯をよそってくれる？」

「はい！」

恭が高らかに声を上げると、千尋はすぐに背筋を伸ばして表情を晴れさせた。乃木が静かに踵《きびす》を返し、暖簾《のれん》の向こうのダイニングセットへ戻っていく。

「ただいま〜」

玄関のほうから、真行寺の間延びした声が響いてきた。

「お帰りなさい！　……千尋くん、真行寺さんのぶんも」

「了解ですっ！」

一気に家の中が賑《にぎ》やかに、晴れやかになる。

恭は鼻歌を歌い出しながら、新しく玉子を割った。


「そういえば真行寺さんのお客さんで、アパレル関係の人いましたよね」

あっという間に一膳《ぜん》目のご飯を食べ終えてしまった千尋が、空《から》の茶碗を恭に差し出しながら言った。

「アパレル？　山ほどいるけど」

夜通しの仕事から帰宅したばかりで物憂《ものう》げな表情の真行寺が、重そうな瞼《まぶた》を上げて千尋を見る。

その瞼が重そうなのは疲れているせいというよりも、長い睫毛《まつげ》のせいなんじゃないかと恭は密かに思っていた。

真行寺の店に訪れる客の九割は女性だという。誰も彼も、西洋人形のように整った顔をした真行寺のファンらしいが、うちはホストクラブでもなんでもないと真行寺は愉快に思っていない。

バーテンダーの仕事は楽しんでいるようだが、客の話となると、真行寺の表情が険る。

「あーっショップの店員とかじゃなくて、アレです、あの、作るほう」

「乃木さん、お茶を淹《い》れますね」

恭は千尋に二杯目のご飯を渡してから、食事を終えた乃木に緑茶を淹れるために台所に立ち戻った。柱の時計を確認する。まだ七時半だ。

乃木は勤務先に近いからというだけの理由でことり荘に住んでいるらしい。乃木らしい、実に合理的な選択だ。

乃木の給料ならきっともっといい物件に住むこともできるのだろう。しかし乃木は、台風が来るたびに雨漏りの心配をしなくてはならないようなここに住み続けてくれている。

「……ああ、楓《かえで》さんのこと？」

「いや、名前は知りませんけど。デザイナーだかパタンナーだか、なんかとにかく、洋服作る仕事の人。いるって言ってましたよね」

うん、と真行寺が短く肯《うなず》く。明るい色の髪が揺《ゆ》れた。

目を疑うような整った顔立ちをしているのに、時折こうして子供のような仕草をする真行寺を、女性は放っておけないのだろう。

恭は真行寺の仕事の様子を目《ま》の当たりにしたことはないけど、店内中の女性の視線をほしいままにする真行寺の姿を想像するのは、楽しい。

「その人にメイド服作ってもらったりできないですかね」

「やだ」

真行寺の返事は、一瞬だった。

一閃《いっせん》、と言い換えてもいいかもしれない。とにかく即座に、バッサリと、跳ね除けられた。

「えー、そう言わずに！」

しかし千尋も挫《くじ》けない。

というより、真行寺の愛想のないことには慣れきっているのだ。あるいは千尋は誰にでもこうなのかもしれない。まるで人見知りをしない朗《ほが》らかな犬のような懐《なつ》っこさがある。

今でこそ恭は平然と乃木に淹れたての緑茶を差し出していられるが、ことり荘に来てすぐの頃はこの三人の関係に慣れなくて、ハラハラし通しだった。

「今時、メイド服なんてどこにでも売っているでしょう」

熱い緑茶の水面に息を吹きかけた乃木が、ついでのように口を挟む。

千尋が、あっと声を上げた。

「俺が着るんですよ」

恭は目を瞬《またた》かせて千尋を仰《あお》いだ。千尋の告白が一瞬早ければ、自分の席に座り損ねて転んでしまっていたかもしれない。

真行寺と乃木も、顔を上げて千尋を見ていた。

「学祭の出し物で女装カフェやることになって。さすがに俺のサイズはないから、作んなきゃかなって」

三者の視線などお構いなしに、千尋はもりもりとご飯を平らげている。

千尋は、大柄だ。

恭はさっき自分の目の前に立ちふさがった千尋の体の大きさを思い返した。

あの時は焦げた玉子焼きを食べられまいとして必死だったけど、後から思い出すと、なんとなく胸がドキドキと騒ぐ。

真行寺も身長が大きなほうだとは思うが、華奢《きゃしゃ》な真行寺と違って、千尋はがっしりと筋肉質だ。小中学校とバスケットボールをしてきて、高校ではバレーボールと柔道に明け暮れていたというから、運動がからきし苦手な恭とは正反対だ。

でも、大きな体をしていても少しも威圧感を与えないのは千尋の屈託《くったく》がない面持《おもも》ちのおかげだろう。

少年をそのまま大きくしたような、無邪気さが眩《まぶ》しいくらいだ。黒目がちな眼差《まなざ》しは優しいし、天然パーマらしい柔らかな髪の毛も柔和《にゅうわ》な雰囲気を手伝っている。

それに大きな口でいつも笑っていて、一緒にいる人をまるで陽だまりにいるような温かい気持ちにさせてくれる。

そんな千尋がメイド服を着たら、大きな体軀に似合わないという不釣り合いさもあいまって、可愛らしいに違いない。

「千尋くんのメイド服姿、見たいな。学祭、お邪魔しようかなあ」

千尋の通う大学は、ことり荘から駅前の商店街を抜けて、すぐの場所にある。体育科が活発で、大きな体の学生が商店街の飲食店を長年支えている、らしい。

「ええっ本当ですか？　ぜひぜひぜひぜひ！　恭さん来るなら超特別サービスしますよ！」

食べかけのご飯をテーブルに戻して、千尋が勢い良く立ち上がる。

「千尋くん、食事中です。唾《つば》を飛ばさないでください」

「特別サービスってなんだよ、いかがわしいな」

乃木と真行寺が冷たい視線を向けても、千尋は頬を紅潮させて恭の手を引ったくるようにして握った。

「絶対、約束ですよ？　来てくださいねっ。ほら、あの、友達とか紹介したいし」

「うん、楽しみにしてるね」

千尋の感情表現が派手なのは今に始まったことじゃない。

恭は千尋の両手でしっかりと左手を握られながら、思わず肩を揺らして笑った。本当に真っ直ぐで、可愛い。

「ほら真行寺さん、恭さんも俺のメイド服姿楽しみにしてることだし！」

握った恭の手を揺らして、千尋が真行寺に詰め寄る。

真行寺はテーブルに肘《ひじ》をついて漬物を食べながら、長い睫毛を伴《ともな》った瞼を半分、落とした。

「いーやーだ。どうして僕がお前なんかのために客に媚《こび》を売らなくちゃならないんだよ。自分で頼めよ」

楓さんの連絡先なら教えてやるよ、と真行寺がポケットから携帯電話を取り出す。

千尋が戸惑いながらその携帯を覗き込もうとした時、乃木が鼻の上の眼鏡を押し上げた。

「しかし、そんなお遊びのための衣装をプロの方には頼めないでしょう」

まあ確かに、そうだ。

恭が乃木と千尋を交互に見遣《みや》ると、千尋も乃木を見ていた。真行寺は手にしていた携帯をテーブルの上に伏せて、玉子焼きに手をつけた。

「まー、そうですよね……着るって言っても学祭の日だけだし。俺もまあ、ダメモトで聞いてみただけなんですけど」

静かに腰を下ろして、千尋が再び茶碗を手に取る。

しかしさっきまでの勢いはなく、黙々とご飯を食べる様子を横日に見ると肩が落ちているように見えた。

子供のような千尋は、喜ぶ時も大袈裟《おおげさ》だが落ち込む時もわかりやすい。

ダメモトだと言っている本人の気持ちも本当で、あと数時間もしたら気分を切り替えて笑っているかもしれないが、今はまるで太陽が雲に隠れてしまったようにしゅんとしている。

「……僕が作ろうか？」

気づくと、恭はつぶやいていた。

「え？」

問い返したのが千尋なのか、真行寺なのかはわからない。両方かもしれない。乃木も、珍しく驚いたように顔を上げて恭を注目していた。

「あっいやだって、やっぱりプロの人に頼むのは難しいかなって……でも千尋くんのメイド服は見たいし、僕が見たいと思ってるんだから、じゃあ僕が作るのが道理じゃないかな」

硬直した空気を振り払うように恭が言葉を重ねると、千尋が再び恭の手を握った。

「恭さん、そんなに俺のことを……！」

「お前のことじゃなくて、お前の女装が見たいだけだって」

恭の手を握る千尋を、真行寺が箸《はし》でつつく。痛い、と千尋が大きな声を上げて、身をよじりながら恭の手を離した。

しばらく恭を眺めていた乃木が、小さく息を吐く。

「……小島くんには、半年かかっても無理でしょう」

「乃木さん！」

「そんな本当のことを！」

同時に、千尋と真行寺が立ち上がった。

いや、それを本当のことと言っちゃう真行寺さんもひどいよ、とは恭には言えず、力なく笑うしかない。自分の不器用さは嫌になるくらいわかっている。

「うん、まあ僕も全然できる気がしないけど、既成品の改造とかでなんとかならないかなあ？　他の友達もみんな着るんでしょう？　千尋くんだけ着れなかったら可哀想だし」

何よりもやっぱり、千尋のメイド服姿を見てみたい気持ちがある。

恭が呑気《のんき》に提案すると、一同は思い悩むように視線を伏せた。

「一八五センチの男が着られるワンピースを探すことからしてまず難関な気が……」

「僕ならまだ、女物でも入るけどねえ。千尋は筋肉ダルマだし」

食卓に重い空気が流れる。恭も腕組みをして、首をひねってみた。

真っ先に思いついたのは商店街の衣料品店に相談してみることだが、倒産した衣料メーカーや潰《つぶ》れた倉庫から安価な商品を買い取ってきて売りさばいている激安洋服店にメイド服にできるようなワンピースをと言ってわかってもらえるだろうか。

あの店のお婆ちゃんはもう八十にもなるし、メイド服をそもそも理解できるかどうか、怪しい。

「あ、」

恭は衣料品店の三軒先にある店を思いついて、声を上げた。

「商店街にオーダーメイドスーツ屋さんがあるんだ。相談するだけ、してみようかな」

お店に行ったことはないが、商店街の組合長さんである店主の人となりはよく知っている。

メイド服を発注したら高くついてしまうかもしれないが、相談するだけなら。

恭が窺《うかが》うように三人へ視線を向けると、乃木が小さく息を吐いた。

「それはいいかもしれませんね。商店街なら、学園祭の支援もしているでしょうし」

千尋の表情も晴れやかになって、恭はほっと胸を撫で下ろした。

もちろん、自分で作るとなれば大変なのはこれからなのだけど。

「やるだけやってみるよ！　そうと決まれば千尋くん、採寸しなきゃ！」

恭が朝食もそこそこに立ち上がると、千尋も表情を輝かせて、立ち上がる。

「採寸ですか？　しましょうしましょう！」

「確かばあちゃんの裁縫道具が、僕の部屋に……」

逸《はや》る気持ちを抑えていられなくて恭がテーブルを離れようとしたその時、テーブルを叩く音が響いた。

驚いて食卓を振り返ると、真行寺が深くうつむいていた。

「おい、千尋」

低い、唸《うな》るような声が真行寺の唇から漏れた。

目尻の下がった眼差しがきつくなり、眉間に皺《しわ》が寄っている。下唇を浅く噛むのも、真行寺が苛《いら》ついている時の癖だ。

「楓さん――デザイナーやってる客に、頼むだけ頼んでみてやるよ。メイド服のデザインは？　ロングかミニか、いつの時代のメイドがいいんだ？　役職は？」

　静かな口調で、まくし立てるように言う。こんな真行寺を見るのは久々だ。千尋が気後《きおく》れしたように腰を退《ひ》けさせた。

「え？　いやでも、プロの人に頼むなんて失礼だし、恭さんが作ってくれるって――」

「そ、れ、が、嫌だって言ってるんだよ！」

　ガタン、と大きな音を上げて真行寺が椅子を立ち上がった。

　怯《おび》えたように背中を丸めた千尋を上から見下ろすように、真行寺が大きく胸を張る。その表情は険しく、美しいからこそ威圧感のある憤怒《ふんぬ》の顔だ。

「恭くんがお前にべったりくっついて採寸なんかするくらいだったら、僕が客に色目でも使ったほうがずっといいよ！」

「いや僕は別にべったりなんて」

　恭が口を挟んでも、真行寺は恭を一瞥もしない。乃木は呆《あき》れたように食器を重ねて、台所に運んでいく。

「えー、でも……」

　千尋が助けを求めるように、恭を見た。

　その視線さえ遮《さえぎ》るように真行寺が腕を広げる。

「僕が客に色目使っても減るもんじゃないけど、恭くんは減るんだよ！」

「え、減らないよ」

恭が驚いて反論すると、怯えていたはずの千尋がぷっと噴《ふ》き出した。

真行寺と千尋がわけのわからない衝突をたびたび繰り返すのは、お互い子供っぽいところがあるからだろう。千尋が笑い出すと、恭も思わず笑ってしまった。

「うーん、確かにプロの人が作ってくれるなら、それが一番いいよね。乃木さんの言う通り、僕も作れる気がしないし。真行寺さんに聞くだけ聞いてもらって、ダメだったらその時また、考えよう？」

ね、と恭が首を傾げると、千尋より先に真行寺が大きく肯いた。

「ハイ、決まり決まり。そうと決まれば千尋はさっさと学校に行けよ。僕ももう寝るから」

「私も行ってきます」

乃木の怜悧な言葉に弾《はじ》かれて恭が時計を見上げると、もうすぐ八時になろうとしている。

恭は慌《あわ》てて、千尋と真行寺の背中を押した。

「わぁ、もうこんな時間！　乃木さん、行ってらっしゃい！　千尋くんも急いで！」

にわかにことり荘が、慌ただしくなった。

使い込まれて焦げ茶色になった板の間をギシギシと踏み鳴らしながら、それぞれの一日が始まる。

「小島くん、今日は定時で帰ります」

「恭さん、行ってきまーす！」

「おやすみ～。恭くん、お昼に起こして」

恭はそれぞれに肯きを返すと、三人の店子を見送った。

いつもと同じ、ことり荘の朝だ。

＊　＊　＊

半年前、病院に運ばれたウメのもとに駆けつけた恭は「ことり荘のお留守番」を頼まれた。

小さい頃からお婆ちゃん子でことり荘を遊び場のようにしていた恭にとって、それは本当にただの「お留守番」のように思えた。

でも実際は、一人暮らし経験さえない恭にとってことり荘の大家《おおや》業は想像を絶した。

玉子焼きの失敗なんて、まだいいほうだ。

今でこそ失敗は――これでも――減ったほうだが、最初のうちは米もろくに炊けない、洗濯物も任せられない大家に乃木たちはよく嫌気が差さなかったものだと思う。

ただ一人、真行寺だけはことり荘を出て行く寸前だったけど。

しかし今ではなんとか、店子の一人も欠かすことなくことり荘を守っていけている。恭にもやっと、その自負を持てるようになってきた。

何より恭自身が、ここでの生活を楽しく感じるようになっている。子供の頃に出入りしていたことり荘は自分より大人の学生たちが、毎日お祭りみたいに楽しくしていて、恭は強く惹《ひ》かれていた。

今、自分もその中にいる。

店子は減ったし、学生は一人しかいないけど、毎日が楽しい。

恭は窓の外、雲ひとつない青空の下にひらめく真っ白なシーツを横目に見ると、自然と笑顔が零れた。

「……あ、真行寺さん起こしてこなきゃ」

雑巾《ぞうきん》の入ったバケツを提《さ》げて、時計を見上げる。

炊事も洗濯も満足にできない恭にとって、掃除は唯一の自慢でもあった。とはいえ、バケツの水をひっくり返したことがないわけではないけど。

恭はバケツを慎重に廊下へ置くと、真行寺の部屋の扉を叩いた。

真行寺の部屋は、二階の北側にある。隣が乃木の部屋で、向かいに千尋の部屋。二階にはあと、空室が三つあるきりだ。

一階に恭の部屋と風呂場、食堂があるが、どれも古ぼけた和室で、店子が減り続けているのもそのへんに理由があるのかもしれない。リフォーム業者は何度も訪ねてくるが、ウメは断り続けていた。

「真行寺さん、十二時過ぎましたよ。起きてますか？」

声をかけて、扉の中へ耳を澄ます。

ことり荘に防音の二文字はほとんどない。プライバシーを気にしたら住めない物件だ。扉の中はしんと静まり返っていて、家の外を走る車のエンジン音のほうがよく聞こえる。

「真行寺さーん、入りますよ？」

再び声をかけてから、恭はドアノブを回した。

薄く開いた扉の中は、遮光《しゃこう》カーテンで閉ざされていてまるで夜のように暗い。恭が顔を覗かせた隙間から差し込む光に照らされて、壁際に設《もう》けられたベッドが見えた。

真行寺はまだ、夢の中のようだ。

「真行寺さん、お昼は食べないんですか？」

恭は部屋の中に入ると、大きな声で呼びかけながらベッドに歩み寄った。

真行寺の寝坊は今に始まったことじゃない。

恭がことり荘の留守番を言いつけられた当初、真行寺だけが恭を認めようとしなかった。

千尋に言わせると「人見知り」、乃木が言うには「人間不信、人間嫌い」——真行寺はとにかく、ことり荘に恭という新しい人間が来て、大家になるということを嫌がった。

僕には一切関わるな、と恭に言い放った真行寺が、仕事に行く時間を寝過ごした毎日も、今となっては懐かしい。

「真行寺さん、お昼ですよ」

恭はベッドの中で丸くなっている真行寺に手を伸ばして、布団の上から揺すった。

「ん――……うん、……」

真行寺が、血の気の薄い唇を小さく震わせて、鼻にかかったような声を上げる。

これで目が覚めたなどと思ってはダメだ。

真行寺がベッドを降りるまで見届けなければ、真行寺を起こしたとは言えない。

「真行寺さん、お昼食べますか？　朝の残りもあるし、パンを焼いてもいいですけど」

一度揺すった肩をポンポンと叩くと、真行寺がごろりと寝返りを打って仰向けになった。

「ぁー……パン、……」

「ぶどうの入ったのと、バターロール、どっちがいいですか？」

天井を仰いだ真行寺は、布団の中から片腕を出して自分の額を押さえるようにしている。しかし、まだその瞼は開きそうにない。

骨の上にうっすらとついた肉と、白い肌の下に透ける血管。

眩しいくらいに明るい髪の色と、棒きれのように細長い手足。長い睫毛。高い鼻と、彫りの深い眼窩《がんか》。

部屋に差し込むわずかな光に照らされた真行寺の美しさは、毎日目の当たりにしている恭でも時折息を呑むほどだ。

「……恭くん……、」

乾いた真行寺の唇が震えて、恭ははっと我に返った。

うっかり、見とれてしまっていた。

「あっ、えーと……あと五分以内に起きたら、真行寺さんの好きな紅茶も淹れてあげますよ」

お伽話《とぎ》でも見ているように美しい真行寺の寝顔に見とれてしまった気まずさから恭が努めて明るい声を上げると、不意に、腕を摑まれた。

「っ、！」

珍しく、真行寺の掌《てのひら》が熱い。

眠っていたせいだろう。

「恭くん、――紅茶なんて要らないから」

ぴくりと真行寺の形の良い眉が動いて、片目が薄く開いた。光が宿った眸《ひとみ》が、恭を射抜く。

恭は身構えた。

真行寺の唇から、吐息のような囁き声が漏れる。

「紅茶なんて要らないから、一緒に寝よう？」

「！」

恭を絡《から》めとるような腕に引かれると、真行寺の眠っているベッドが目の前に近づいてきた。

ばふ、と音をたてて恭の顔が羽毛布団に沈む。

咄嗟《とっさ》に足を踏ん張ってはいたものの、上体のバランスを崩して顔から突っ込んでしまった。恭は慌てて真行寺の肩に手をついて、体を起こした。

「ダーメーでーす！　真行寺さん、また遅刻しても知りませんから！」

「遅刻してもいいよ、恭くんと一緒に眠っていられるなら」

上体を起こそうとする恭に真行寺の両腕が絡みつく。まだ夢を見ているかのような甘い声で囁きながら、恭をベッドに引きずり込もうとする。

華奢に見えるくせに、真行寺はこれでなかなか力が強いから侮《あなど》れない。

まったく、聞き分けのない子供のようだ。こんなことなら人見知られていたほうがまだいい——とは、思わないけど。

「僕だってまだ仕事があるんです！　お掃除は途中だし洗濯物も取り込まなきゃいけないし、夕飯の準備も明日の買い出しだってあるんですから！」

部屋に響き渡る大きな声で恭が喚《わめ》くと、恭を引きずり込むためにわずかに上体を起こした真行寺が、眉を顰《ひそ》めながら双眸《そうぼう》を開いた。

恭の腕を摑んだ真行寺の腕が緩む。

「！」

バランスを崩してひっくり返りそうになった恭の肩に、真行寺の腕が回ってくる。

真行寺の腰がベッドから離れた。今日も無事に真行寺を起こせたことに、恭は安堵《あんど》した。

……いつの間にか真行寺の腕の中に抱き寄せられるようにして支えられているのは、ともかくとして。

「じゃあ、今度お仕事がない時だったら一緒に寝てくれる？」

恭の耳元に、真行寺が甘い声を吐きかける。

こんな距離でそんな声を囁かれたら、女の子ならそれだけで立っていられなくなるかもしれない。

真行寺は人間嫌いだけどバーテンダーとして客には——表面上——優しく振る舞っているというから、それで余計に本人の気苦労が絶えないというのも、肯ける。

真行寺にその気がなくても、女の子は誤解という名の期待をしてしまいたくもなるだろう。

恭は心底、真行寺の周りの女の子たちに同情した。

「真行寺さんが自分で起きられるようになれば、僕のお仕事もひとつ減るんですけどね」

恭が大袈裟にため息を吐《つ》いてみせると、真行寺がううん、と悩ましげに頭を抱えた。

その反応に、思わず笑いが溢れる。

「パンはどっちにしますか？　ほら、紅茶も淹れてあげますから、下に降りましょう」

恭は小さく笑い声を上げながら、真行寺の手を引いてベッドから連れ出した。


「恭くん、夕飯の買い出し？」

夕暮れ時の商店街を歩いていると、その時間特有の喧騒《けんそう》の中でも一際《ひときわ》高い声に肩を叩かれて、恭は振り返った。

そこには、八百屋《やおや》の軒先《のきさき》で看板娘の知佳《ともか》が手を掲げていた。

「大根どう？　仕入れすぎちゃって」

両手を腰にあてて笑う知佳の傍らには、確かに大根が山盛りに積まれている。

どれもずんぐりとして太く、瑞々《みずみず》しそうな表面にはハリがあって甘そうだ。何より葉っぱが青々と生い茂っている。

「いくら？」

恭は電器屋に向かっていた足を方向転換して、大根に手を伸ばした。

煮付けてもいいし、味噌汁の具にしてもいい。葉っぱはご飯に混ぜ込むと、千尋が喜ぶ。

「ん〜、恭くんだったら二本で百五十円でいいよ」

わざとらしく声を潜《ひそ》めた知佳に、恭は目を瞬かせた。破格だ。仕入れすぎて困っているというのは本当なのかもしれない。恭はすぐに買い物袋から財布を取り出した。

「買った」

「やったー！　ありがとう、恭くん！　さすが、太っ腹！」

知佳がきゃーっと声を上げて諸手《もろて》を上げる。

知佳はこの商店街入口にある八百屋の一人娘で、自称三代目だという。

父親は息子が生まれなかったことで店を畳む覚悟はできてるというが、知佳は知佳でこの店を継ぐことを諦めない。

そんなことばっかり言ってるから結婚できねえんだと言いながら、二代目は嬉しそうだ。

子供の頃、恭が頻繁《ひんぱん》にことり荘へ遊びに来ていた頃は、年近い知佳とよくこの商店街で遊んだものだった。

恭がことり荘になかなか遊びに来なくなってから自然と疎遠になっていたけど、知佳は昔と変わらない。細身の体に短い髪。ボーイッシュで元気いっぱいの、少女のままだ。

「そういえば千尋くんとこの学園祭、行くの？」

ザルの中に入れた小銭の中からお釣り銭を握り出して、知佳が言った。

「うん、行くつもり。乃木さんも付き合ってくれるっていうし」

「乃木さんが?!　なんで？」

お釣りを取り落としかねない勢いで、知佳の声が裏返る。

そんなに驚くようなことだろうか。

千尋は首をひねって、無事に受け取った五十円玉を財布の中にしまった。

「僕が行きたいなあって言ったら、なんか乃木さんも一緒にって……」

乃木からメールが来たのは、昼過ぎのことだった。

真行寺を無事送り出した恭が、携帯電話の点滅に気付いてメールを開くと乃木から簡潔なメールが届いていた。

曰《いわ》く、『小島くんに何かあれば我々が困るので』ということだった。

確かに千尋の大学には血気盛んな若者が多いというイメージだけど、一体何があるというのだろう。ただ単に乃木が学祭に行きたいだけなんじゃないだろうか。

「あの人が行ったら浮くんじゃないの？　いや、教授と間違われるかも……」

知佳は神妙な顔で眉間に皺を寄せている。

腕を組んで斜め下方を見つめる知佳と反対に、ぼんやり上空四五度方面を仰いだ恭の脳裏には、いつもと同じスーツ姿の乃木が本物の教授よりも教授然としている姿が容易に想像できた。

思わず、噴き出してしまう。

「すっごい想像できる」

「あんなイケメン教授いたっけ？って女子学生が混乱するかも」

大袈裟に心配そうな表情を浮かべた知佳が首を振る。

恭は大根を胸の前で抱えて、体を揺らして笑った。

「そんなことになったら、乃木さんノリノリで講義始めちゃいそうだよ」

恭が言うと、知佳は驚いたように目を丸くしていた。

「え、乃木さんってそういう冗談とか言うの？」

「うん、けっこう言うかも」

「とてもそうは見えない……」

掌で口を覆って、知佳が目を瞬かせている。

恭は思わず苦笑した。半年前の自分なら、知佳と同じことを言うだろう。

「だよね。僕も最初はそう思ってた」

乃木の切れ長の眸はいつも怜悧で、眼鏡のレンズを通していてさえ射抜かれるように鋭い。真一文字に結ばれた唇は淡々と掠《かす》れた声を紡《つむ》ぐだけで抑揚《よくよう》が乏しく、最初の頃、恭は乃木が怖くて仕方がなかった。

何を考えているかもわからないし、いつも——これは今でも変わらないけど——幽霊のように気配を殺して、気付くとそこに立っていたりする。

千尋も真行寺も乃木を鉄仮面と呼んで怖がっているし、ミスばかりの恭を本当は疎《うと》ましく思ってるんじゃないかと気が気じゃなかった。

今は少しも怖いだなんて思わないけど。

「恭くんがことり荘の大家さんになって半年かあ……早いね」

腰に巻いたエプロンのポケットに手を入れて、知佳がしみじみとつぶやいた。

「あっという間だね」

日々の仕事に追われ、どうしたら店子が住みやすいことり荘にしていけるのか、自分なりに試行錯誤していくうちに、半年経ってしまったという感じだ。

自分はどう頑張ったってウメのようにはなれない。それなら、自分なりのことり荘を営《いとな》んでいくしかない。店子たちとの関係も。

今は、自然体でやれている気がする。

「ウメさんの具合はどう？」

「うん、おかげさまでだいぶいいみたい。でも完治するってものでもないからね……退院したら伯母さんの家で隠居しようかって話もあるみたい」

いつまた動けなくなるかもわからない痛みに怯えながらできるはど、大家業は易《やさ》しくない。

それはウメよりずっと若いはずの恭が半年間やってみて、嫌というほど実感している。

「ことり荘は恭くんに任せられるって安心したのかも」

「えー、僕なんてまだまだなのに」

ウメの見舞いには少なくとも週に一回訪れているが、まだまだ教わることだらけだ。

あんまり不安にさせないように失敗談は話さないようにしているけど、それでもウメには見透かされているだろう。

「何言ってんのよ、千尋くんなんてうち来るたびに恭くんの自慢ばっかだよ？」

知佳の揶揄《やゆ》に、恭はまた噴き出した。

なんだか、容易に想像ができる。

元気いっぱいで純粋な千尋は、人を褒《ほ》めるのが上手だ。恭が食事も満足に作れなかった頃から、千尋だけは恭の料理を美味《おい》しいと言ってくれた。

今日はきちんとご飯が炊けただとか、今日の味噌汁は具が繋がってなかったとか。毎回ひとつずつ良いこと探しをしてくれて、恭にとって千尋は心の支えだった。

そういえば千尋は体育教師になるのが夢だとか言っていたけど、つまり恭は千尋にとって生徒みたいなものなのだろうか？

それはそれで、年上の大家としてはちょっと微妙だ。

「――……うーん」

笑っていた恭が不意に腕を組んで唸ると、知佳が少し目を瞬かせた後、大きく腕を振り上げた。

「もー、恭くん！　もっと自信持ってよ！」

励ますように言って知佳が恭の肩を気安く叩こうとした、その時。

パシッと短い音が耳のすぐ横でして、恭は我に返った。

「乃木さん、」

顔を上げた恭の目の前には、乃木の相変わらずの鉄仮面があった。

乃木も仕事でミスをしたり、逆に仕事で周囲から褒められたりして喜んだりすることがあるのだろうか。とても、そんな姿は想像できない。

朝八時にことり荘を出て、定時で退社してくる。

乃木の顔を見るのは実に九時間ぶりなのに、その怜悧な顔に疲れは読み取れない。

「小島くん、夕食の買い出しですか。荷物を持ちましょう」

いつもの淡々と紡がれる低い声で言って、乃木はぱっと掌を開いた。

ぱたり、と知佳の腕が降りる。

「……？」

知佳の顔を見ると、引きつった表情を浮かべて乃木を仰いでいた。

恭が乃木を再度振り仰ぐと、乃木はなんでもない様子で恭の腕から大根を取り上げる。

「あ、すいません」

「いいえ」

細身のスーツを着ている割に、乃木は恭よりずっと力がある。

一度風呂場の棚が壊れた時なんかは乃木が作り直してくれた。いつもは涼しい顔で、いかにもホワイトカラーといった雰囲気を醸《かも》し出しているのに、金槌《かなづち》を振るう腕には筋肉が浮かび上がって、恭は感嘆《かんたん》した。

それに外で恭に会うとこうして必ず荷物を持ってくれたりするし、千尋の学園祭についてもそうだ。

乃木には表情が乏しいから誤解を受けやすいかもしれないが、本当はずっと気が利く。

「そういえば小島くん、トイレの電球が切れかかっていました。予備はありますか？」

身を屈めた乃木に尋ねられ、恭はあっと声を上げた。

そういえば、電器屋に行く途中だった。

「大根は私が持ち帰りましょう。小島くんは、どうぞ電器屋さんへ。今日はポイント二倍の日だそうですよ」

「え、ホントですか？　知佳ちゃんごめん、また今度！　大根ありがとー！」

乃木に大根を預けて礼を言い、知佳に手を掲げると、恭は慌てて踵を返した。

商店街にある電器屋のポイントカードはあと少しでいっぱいになる。もらえるのは千円分の商品券くらいのものだが、そういうのでコツコツと諸経費を節約していくのも大家の務めであり、楽しみだ——と、ウメに教えられるまでもなく、恭はこの半年で学習していた。

「——……知佳さん、といいましたか」

電器屋へ駆けていく恭の後ろ姿を見送った乃木が、視線を知佳には向けないまま、小さくつぶやいた。

同じように恭の姿を見送っていた知佳が弾かれたように乃木の冷たい表情を見上げると、銀縁眼鏡の奥で切れ上がった眦《まなじり》が少し、鋭くなったように見えた。

「小島くんとは幼馴染《おさななじ》みだそうですね」

「あ、はい。恭くんがウメさんのところに遊びに来てた頃はよく——」

ことり荘にいる三人のイケメン店子のうち人懐こいのは千尋ばかりで、他の二人と会話を交わす機会なんて、ほとんどない。

まして、乃木も意外と冗談を言うんだなんて恭から聞いたばかりだ。

知佳は少し緊張しながら、乃木の横顔を見つめた。

恭の姿が電器屋の入口に消えると、乃木の顔がゆっくりと振り向いた。

「小島くんは我々の大切な人です。気安く触らないでいただきたい」

「――……、え？」

知佳は耳を疑って、口端を震わせた。

恭の肩を叩こうとした腕を摑まれた時の、乃木の射抜くような視線を思い出して背筋がひとりでに震える。

乃木が、双眸を細めた。

「わかりませんか？　――彼に手を出すな、と言ってるんです」


恭がことり荘へ戻ると、乃木は既に帰宅して、部屋に戻っているようだった。

共通の玄関に、傷ひとつない革靴が並んでいる。

千尋は、まだ帰宅していないようだ。学祭の準備で忙しいのかもしれない。

「ただいま戻りました。乃木さん、大根ありがとうございます！」

恭は階段の上に向かって声を張り上げてから、買ってきたばかりの電球を持ってトイレに向かった。

日が暮れる前に交換しておかなければならない。

途中、風呂場から木製の踏み台を拾っていく。

トイレの天井は妙に高くて、身長が大きいとはいえない恭には必要だからだ。ウメは一人で、いつもどうしていたのだろうかと心配になる。

「よいしょ」

電気の下に踏み台を置いて、古い電球を外す。

毎日天井までしっかり塵《ちり》を取っているつもりだけど、手が届かないから掃除機具の長い柄《え》に頼りっきりだ。下から仰ぐぶんにはきれいに見えていたけど、実際踏み台にのぼって照明器具を手に取ると埃《ほこり》が溜まっている部分もあった。

一度見てしまうと、それを拭《ぬぐ》わないで電球だけ替えるわけにはいかない。

恭は古い電球を笠から外すと、まず雑巾を取りに行くべく踏み台を降り——ようとして、視線に気付いた。

「ひゃ、……ッ！」

思わず悲鳴が唇から漏れそうになって、慌てて口を塞《ふさ》ぐ。

薄暗い廊下にぼうっと眼鏡の縁だけが光っている。

トイレの戸口で恭を見つめていたのは、二階の自室にいると思っていた、乃木だった。

ぎょっとした恭の胸は急激に強く打ち始めて、呼吸が乱れる。

「の、乃木さん……っ、と、トイレ使いますか？」

日が暮れ始めて、ことり荘全体が薄暗くなり始めている。

廊下の電気も点《つ》けなければ、と恭が慌てて——あるいは乃木に驚いてしまったバツの悪さを押し隠すように——踏み台から降りようとすると、

「っ！」

足を踏み外した。

慌てて壁に手をつこうとして、その手に電球を持ったままだったことに気付く。

恭はぎゅっと目を瞑った。

——次の瞬間。

「大丈夫ですか？」

どさっと音をたてて恭が倒れ込んだのは、乃木の腕の中だった。

皺ひとつないスーツからは、ハーブのような清涼な香りがする。恭が顔を上げると、間近に乃木の眼差しがあった。

「——あ、……す、すいません」

恭は慌てて乃木の胸から離れたが、まだ胸がどっどっとうるさいくらい強く打っている。踏み台から落ちそうになったせいかもしれない。それとも、また乃木の前でミスを犯しそうになったせいか。

恭は熱くなった顔を伏せて、自分に言い訳するようにそう考えながら、古い電球を握り直した。

その手に、乃木の冷たい掌が伸びてくる。

「！」

恭が顔を上げると、乃木が身を屈めて、恭の顔を覗き込んできていた。

「そんなに強く握ったら、割れてしまいます」

間近な距離で、乃木が声を潜める。

狭いトイレの中で、恭は自分の得体の知れない動悸《どうき》が乃木に悟られてしまわないか心配で、返す言葉を失った。

「ウメさんに続いて、あなたまで怪我をしてしまったら困ります」

家の外が暗くなっていくのに合わせるように、ゆっくりと、乃木が恭へ唇を寄せてくる。

今、ことり荘には乃木と恭の二人しかいない。そんなに顔を寄せなくても、乃木の低い声を聞き取ることができるのに——。

「……あ、ぞ、……っ雑巾！　雑巾、持って、きます、から！」

恭は弾かれたようにそう言うと、身を翻《ひるがえ》して風呂場に駆け戻った。

息苦しいくらい、心臓が高鳴っている。

どうも乃木は、ものも言わず人をじっと見ていることが多い。恭が乃木の視線に驚くのも別に今日が初めてではなかった。

乃木は言葉数こそ少ないが、そのぶん視線が鋭くて、恭はいつもドキドキさせられてしまう。

かと思えば今のように優しい言葉をかけてくれたりもするから、最初のうちは乃木がどういう人間なのかさっぱりわからなかった。

でも今は、少しわかる気もする。

「あっ乃木さん、ありがとうございます」

絞った雑巾を持って恭がトイレに戻ると、乃木は踏み台も使わずに新しい電球を取り付けていてくれた。

スーツの上着を脱いで、ワイシャツの袖を捲《まく》っている。

あらわになった肘下に筋が浮かび上がって、恭は思わず、見るからに非力な自分の腕を押さえた。

「小島くん」

恭を呼んで、乃木が片手を差し出す。

一瞬何のことかと逡巡《しゅんじゅん》してから、恭は手に持っていた雑巾を乃木の掌に載せた。

乃木は恭が何も言わなくても、雑巾を取りに行っただけで恭のしたかったことがわかったようだった。笠の上も内側も、神経質そうに丁寧に拭ってくれる。

「すみません、僕がやるべきことなのに……ありがとうございます」

乃木の仕事をただ仰いでいることしかできず、恭は首を竦めた。

「いいえ、お世話になっている身として、小島くんを手伝うのは当然のことです」

笠をきれいにすると、もう一度電球の緩みを確認してから、乃木は恭に視線を落とした。

「お安いご用ですよ」

そう言って、乃木が頬を緩ませるように小さく微笑《ほほえ》んだ。

眼鏡の奥の眸から鋭さが消えて、後ろに撫で付けた髪がはらりと落ちてくる。

恭はそれを呆けたような顔でしばらく見上げていてから、次の瞬間、またかーっと顔が熱くなってくるような気がした。電気を点灯する前で良かった。

恭はどうせ薄暗くてよく見えないだろうと思いながらも顔を伏せて、乃木から雑巾を返してもらおうと手を伸ばした。

「そういえばさっき、知佳ちゃんと話してたんですけど」

「ああ、八百屋の」

恭に雑巾を返してくれた乃木の声が、少し冷たい響きを帯《お》びたような気がした。いや、いつも通りに戻っただけかもしれない。じゃあ今までは、いつもよりも温かかったということか。

「実は乃木さんの話をしてて」

「私の？」

今度は、乃木が驚いたように目を瞬かせた。

思わず恭の唇に、笑みが零れた。

以前は乃木のことを、喜怒哀楽もなければ驚きもしないような鉄仮面なんだと思っていた。実際、乃木は眉ひとつ動かさなかった。

でも、今は違う。驚きもすれば、――さっきみたいに微笑むこともある。

「乃木さんも冗談とか言うんですよって話したら、驚いてました」

笑いを抑えることができずに恭が肩を揺らすと、乃木は「そうですか」と短く答えて、落ちてきた前髪を掌で押さえつけた。

乃木の短い受け答えを「愛想がない」と言って苦手にする人もいるけど、恭には気にならない。最初は気を悪くしているのかもしれないと思うこともあったけど。

「乃木さんって人見知りなんですか？」

恭が首を傾いで乃木を仰ぐと、乃木が目を眇めた。

「は？　真行寺くんじゃあるまいし」

「だって、本当はすごく優しいし面白いのに、乃木さんのそういう姿を知ってる人って少ないのかなと思って」

乃木に恋人がいるという話を聞いたことがない。

ウメにそれとなく聞いた限りでも、気配すらないようだった。

乃木は言葉数が少ないし、千尋のようにいつもにこにこ笑ってるでもない。でも、長く付き合っていれば乃木の気遣いや優しさがわかってくる。

恭は、今だからわかる。

乃木はちょっと不器用なだけなんだってことが。

それを知った女性が乃木に強く惹かれるのは、想像に難《かた》くないのに。

「会社では、今みたいに笑ったりとかしないんですか？」

好奇心を強くした恭があまりにも期待に満ちた眼差しを向けたせいか、一瞬、乃木が視線を泳がせた。

「いえ、会社では……」

「それとも、家では寛《くつろ》いでるってことなのかな」

会社では気を張っていて、ことり荘ではリラックスしている。もし乃木がそう感じてくれているとしたら——と思うのは恭の希望にすぎないが。

「あぁ、そう……、かも、しれません」

顎《あご》を引き、思案気味に睫毛を伏せた乃木が小さくつぶやくように言う。

その口元がまた少し微笑んでいるように見えて、恭は嬉しくなった。

「本当ですか？　わぁ、すっごい嬉しいです！」

思わず乃木の顔を覗きこんだ恭は乃木の手を握ろうとして——雑巾を持っていたことに気付いて、やり場のない手をばたつかせた。

役立たずの大家だけど、乃木が安心してくれる家になっていれば、こんなに嬉しいことはない。

やった、とひとりごとのように繰り返す恭に、乃木が双眸を細める。

「あ、僕うるさいですか？　ごめんなさい、でも乃木さんがうちを気に入ってくれてると思うと嬉しくて」

口元が際限なく緩んでしまう。恭が照れくさそうに笑いながら言うと、乃木が恭の頬に手を伸ばした。

細長い、神経質そうな指先が恭の頬の表面に触れ、細かい産毛《うぶげ》を逆撫《さか》でるように滑る。

「？　乃木さ……」

「小島くん、私はこの家を気に入っていますが、それ以上に——」

乃木が、また声を潜めて恭の耳元に唇を寄せてくる。乃木の吐息すら聞き取れるほど。

恭がそれをくすぐったがって身をよじろうとした時、玄関の戸が、音をたてて開いた。

「ただいまー！　恭さん、夕飯なんですかー？」

次いで、元気な声と靴を脱ぎ散らかす大きな音。

千尋だ。

「……あれ？　恭さん、いないの？　買い物かな……」

廊下を踏み鳴らして家に上がった千尋の声に恭が振り返ろうとすると、一瞬、乃木の掌に力が込められた。

「？　乃木さん？　千尋くんが……」

振り返ることを禁じるような掌の力に恭が再び乃木を仰ぐと、乃木がゆっくりと唇を開いた。

「私はこの家よりも、君のことが——」

「あ、恭さんいた！　ただいまー！」

乃木の言葉に覆いかぶさるように、千尋が大きな声を張り上げた。と思うと、次の瞬間、千尋の腕が恭の背後から絡みつくように回ってきた。

「うわっ、千尋くんなにすんの！　危ないよ！」

思わず後ろにひっくり返りそうになって、足をバタつかせる。

千尋の筋肉質な腕にガッチリと摑まれていればそうそう転ぶようなこともないかもしれないけど、千尋に全体重を預けてしまうのも気が引ける。

乱暴に乃木から引き剝《は》がされた恭は、頭上の千尋の顔を叱るように見上げた。

「何やってるんですか？　乃木さん」

しかし千尋は、恭ではなく乃木を睨《にら》みつけていた。

「何って、電球を付け替えていただけです」

しれっとした乃木は天井をちらと視線でさして、捲っていたワイシャツの袖を下ろした。

ぎゅうっと恭を摑む千尋の腕に力が込もる。さっきまで恭の頰に触れていた乃木の指先とはまるで違う。

「苦しいってば、千尋くん。さあ、ご飯の準備しよう？」

タップタップ、と恭が千尋の二の腕を軽く叩くと、まるで威嚇《いかく》する犬のように歯を剝《む》き出さんばかりの千尋が我に返ったように恭を見下ろした。

「あ、俺手伝います」

やっといつもの千尋に戻ったが、恭の肩に回された腕は離れない。

「本当？　助かるー。今日は、千尋くんの好きな混ぜご飯にしようと思ってたんだ」

恭は背後に千尋をくっつけたまま方向転換すると、廊下に出て食堂へ向かう。

肩を抱いたままじゃ歩きにくいだろうに、千尋はいつまでも恭に甘えたままついてくる。

背後で小さく、乃木のため息が聞こえたような気がした。


半年前の恭は、米もろくに炊けなかった。

ある時は水分が多すぎて柔らかい、またある時は芯が残った硬いご飯を、乃木は文句も言わず黙って食べた。真行寺は恭の家事の出来不出来に関係なく食卓にすらつかなかったし、ただ一人、千尋だけが「じゃあお米は俺がとぎますね」と言ってくれた。

「みんなのご飯を作るのが僕の仕事なのに……ごめんなさい」

ウメからこと り荘を頼まれた時は、もう少しちゃんとできると思っていた。

自宅で家事をまったく手伝わなかったわけではないし、自分がどんくさいことは自覚していたし。

しかし一度失敗すると、プレッシャーが積み重なって、悪循環に陥《おちい》った。自宅では六合の米をとぐこともなかったから。

でも、そんなのはただの言い訳だ。

ティーシャツの袖を捲くって台所に入ってきた千尋に恭が頭を下げて詫《わ》びると、一瞬の間の後、頭上から快活な笑い声が飛んできた。

「何言ってるんですか、水くさい。俺たちは、ひとつ屋根の下で生活する、家族みたいなもんでしょ？　助け合うのがあたりまえじゃないですか」

千尋に促されて顔を上げた恭は、知らず涙ぐんでいた。

大好きな祖母が急に入院して、その留守を任されたプレッシャーでどうにかなりそうだった恭の心を解きほぐしてくれたのが、千尋だった。

それ以来、千尋は毎日のように食事の手伝いをしてくれる。恭がきちんと食事を作れるようになった、今でも。

「恭さん、味見してもらえますか」

煮立った鍋からおたまで上澄みをすくった千尋が、恭に声をかける。

恭は大根の皮を剝く手を止めると、千尋を振り返った。その口元に、おたまが寄ってくる。

一瞬目を瞬かせたものの、ちらりと千尋の顔を窺うと期待に満ちた眼差しを返されて、恭はおたまの中の煮汁に息を吹きかけると、千尋の手から味見をした。

「ん、美味しい」

「ホントですか？　よっしゃ」

千尋は満面の笑みを浮かべて再び鍋に蓋《ふた》をすると、コンロの火を弱めた。

その手際は、恭なんかよりもずっと手馴れている。

「千尋くんは、ことり荘に来る前から自炊してたんだっけ」

「あー、自炊っていうか、俺かーちゃんいなかったんで、自然に」

千尋の家は父親と、千尋と、弟の三人家族だという。母親とは死別したのか、それとも離婚したのか、詳しいことは知らない。

でも千尋の天真爛漫《てんしんらんまん》なところを見ると、愛情はたっぷり受けて育ったんだろう。できればいつか、弟にも会ってみたい。どうやらまだ中学生のようだ。恭が想像する千尋の弟は、千尋を小さくしたような、可愛い子だった。

ただの想像にすぎないのに、大根を剝きながら恭は顔が綻《ほころ》ぶのを止められなかった。

千尋の弟はきっと、こんな明るい兄を持って幸せだろう。恭に兄弟がいないからそう思うだけかもしれないけど。

「毎日家族のご飯作ってたの？」

「うーん、週三日くらいかな。週末はとーちゃんが作ってくれたし、たまにばーちゃんが来てくれてたし」

千尋はウメにもよく懐いている。自分の祖母と重ねているのかもしれない。

もっとも、千尋が懐いていない人間なんて真行寺と乃木くらいのものかもしれない。それも、愛情表現が少し違うというだけで、真行寺とあれだけじゃれられるというのはある種の甘えのようにも見える。

「そっかあ、すっごく手馴れてるよね。……千尋くんがことり荘にいてくれて良かった」

食事の準備だけじゃない。

千尋がいなかったら、ことり荘の中の空気はもっと違っていたかもしれないと思える。

乃木や真行寺とも今でこそ親しくなったけど、千尋がいなかったら仲良くなるまでもっと時間がかかったかもしれない。

千尋はムードメーカー的なところがある。七つも年下の学生を心の支えにしているなんて、ちょっと頼りない大家だけど。

「俺、役に立ってますか？」

ひょい、と恭の顔を覗きこんだ千尋の顔が目の前に飛び込んできて、恭はぎゃっと声を上げそうになった。

「千尋くん、危ないよ！」

慌てて大根の皮を剝く包丁を止める。

危うく手を切るところだった。千尋がごめんなさいごめんなさいと大袈裟に恭から飛び退《の》いた。

「だ、大丈夫だよそんなに遠くに行かなくても……ちょっとびっくりしただけだから」

一度皮を切って、まな板の隅に置く。

食事の世話に慣れてきたといっても、未《いま》だに月に最低一回は指を切って生傷《なまきず》の絶えない恭だ。千尋もそれを知っているから、台所の壁に貼り付くようにして退いたのもあながち冗談じゃない。

「ごめんね、僕が不器用だから迷惑ばっかかけて」

「え、そんなことないですよ！　恭さんの作ってくれるご飯は美味しいです！」

ぐっと両手を握りしめて、千尋が身を乗り出してくる。

顔は真剣そのもので、まるで、その言葉を疑われたら死んでしまうとでも言いたげだ。

恭はそれが妙にくすぐったくて、視線を伏せてはにかんだ。

「本当？　ありがとう、嬉しいよ」

店子に宿泊料をもらって寝食を提供しているだけだといっても、やっぱり美味しいと言ってもらえると嬉しい。

「……これからも頑張るね」

そう言って千尋の顔をちらと窺うと、千尋は真っ赤な顔をして恭の顔を見下ろしていた。

胸の前で固めた拳もそのまま、ぶるっと身震いしているようでもある。

「？　千尋くん？」

「……っ！　あ、はい！　いえ、あっ……俺のほうこそ、よろしくお願いします！」

びくっと大きく体を震わせた千尋が、突然体をふたつに折るようにして深々と頭を下げる。こういうところが、体育会系っていうのかな。などと思いながら、恭は声をあげて笑った。

「それじゃあ千尋くん、お茶碗とお皿を出してもらってもいい？」

「はい！」

顔を上げた千尋はびしっと敬礼して、食器棚から茶碗と大皿を取り出し始める。

食事をうまく作れなくて自信をなくしつつあった恭に千尋が「家族みたいなもの」と言ってくれたのが、恭には何よりも嬉しかった。

恭が小さい頃に見たことり荘の住人たちもみんな家族みたいに見えた。それはウメが地方から出てきた学生たちにとって東京の母親のようだったからだとばっかり思っていたけど、恭も少しは——少なくとも千尋にとっては、兄弟のように感じてもらえたのかもしれないと思うと。

「あ、そうだ。恭さん、学祭、乃木さんと来るってホントですか？」

シンクに皿を運んできた千尋が、恭をちらりとも見ずに言った。

その肩が、少し強張《こわば》っているように見えるのは割れ物を抱えているせいかもしれない。

「うん。乃木さんが、心配だからついてくるって。そんなこと言って、乃木さんも千尋くんの晴れ姿を見たいんだろうね」

短冊《たんざく》切りにした大根に醬油と出汁《だし》をかけ、ボウルに入れて、ラップをかぶせる。これで、明日の朝食が一品増えた。

恭がそれを冷蔵庫にしまおうと踵を返すと、千尋が複雑そうな表情でうつむいていた。

「千尋くん？」

茶碗を抱えたまま止まってしまった千尋の顔を、覗き込む。

唇をわずかに尖《とが》らせて、なんだか拗《す》ねているようにも見える。乃木が千尋の学園祭を見に行きたいと思うことは、嬉しくないのだろうか。

恭が見に行くというだけで千尋はあんなにはしゃぐのに。

「いや、乃木さんはホントに心配なんだと思いますよ。……恭さんのことが」

「へ？　千尋くんの学校って、そんなに危ないところなの？」

商店街の向こうにある千尋の大学を、今まで知らなかったわけじゃない。

学内に入ったことこそないが、学生はいつも商店街をうろついている。別に今まで、それほど危険を感じたこともなかった。

そもそもそんなに危険な大学なんてあるだろうか？　恭は自分の学生時代を思い返して、訝《いぶか》しんだ。

「いや、うちは別に普通ですけど……えーとあの、男子学生が多いっていうか……だからその、あ、もちろん俺が恭さんのこと案内するんで安心なんですけど、逆に乃木さんはそれが不安なのかなーっていうか……」

「？」

千尋は神妙な表情を浮かべて、手の中の茶碗をいじっている。

乃木が心配してるなんて口実にすぎないと思っていたのに、千尋の様子を見ていると何かあるのかと思ってしまう。

でも何かって何だ、と考えても、よくわからない。

「乃木さんがついていれば安心なの？」

「乃木さんが、安心するんだと思います。俺は逆に不安ですけど！　大体さっきも、なんで二人でトイレで……」

千尋が妙にモゴモゴとはっきりしない口調で言い募《つの》り始めた時、

「千尋くん」

「！！！！」

急に背後から声をかけられた千尋が、まるで電流でも流されたように竦み上がった。

部屋着に着替えた乃木が、台所の入口に立っていた。

「お先にお風呂を頂きます」

乃木はいつものように静かな口調で言うと、怯えた表情で硬直した千尋を一瞥して、静かに食堂を後にした。

「……それで千尋くん、何が不安なの？」

風呂場の戸が閉まる音を聞いてから恭が尋ねても、千尋はもう口を開こうとはしなかった。

時計の針が、深夜二時を通過した。

「はー……やばい、もうこんな時間だ」

食堂のテーブルで収益帳を開いたのが、日付が変わる直前だった。

恭は手に持っていたペンを置くと、椅子の上でうーんと伸びをした。

パソコンでやってしまえば手っ取り早いんだろうけど、ここはウメの家だ。ウメが後から確認できないものを作っても仕方がない。

一度プリントアウトした帳簿を病院に持って行って見せてみたが、渋い顔をされただけだった。

それ以来恭は、ウメが今までやってきた通り、帳簿に直接手書きで収支を管理するようにしている。

ウメが大事にしてきたことり荘が大好きだから、このまま、守りたかった。

恭は目頭をつまんで眠気をごまかしながら、傍らに置いた携帯電話のメールを確認した。

真行寺からの帰宅メールはまだない。

今日は夕方からの早番だったから、普通だったらもう帰ってきていてもおかしくない時間だ。玄関の鍵はそれぞれ持っているし、帰宅を待っている必要はないのだけど、どうせ起きているなら同じことだ。

今までも真行寺は帰宅の時間を恭に伝えることが多かった。

ウメにそうしていたからかもしれないし、あるいは恭が真行寺を心配したせいかもしれない。

真行寺がことり荘に越してきたのは二年前だ。

見た目の麗しさと接客時の甘い態度のおかげでただでさえも女性ファンが多い真行寺に、お客さんのうちの一人がストーカー化した。

仕事を終え、当時住んでいたマンションに帰っていく真行寺を尾《つ》けて住居を突き止めた女性が、真行寺宛の郵便物を盗んだり、交際している女性がいるのかと周辺を嗅《か》ぎ回ったりしたらしい。

真行寺はすぐにマンションを引き払い、偶然見つけた物件情報で格安を謳《うた》っていたことり荘に転がり込んできた。

真行寺にとって、ストーカー化した人間から逃げて河岸《かし》を変えることは珍しいことでもなんでもないのだと言っていた。だから、一ヶ所に長く住み続ける気もない。それが真行寺にとっては普通だった。

真行寺にことり荘に長くいて欲しい、という気持ちももちろんある。

でもそれ以上に、恭は真行寺のことが心配だった。

もしかしたら今だって、尾行してきた女性客をまくために夜の街をうろうろ歩いているのかもしれないと思うと、気が気じゃない。

真行寺の人間嫌いは極度な怖がりの現れのようにも見えるから、余計に。

ただ用事があって帰宅が遅れているだけならいいけど——

「……」

恭は無言の携帯電話を手にすると、メールしてみようかどうしようか、沈思《ちんし》した。

その時、玄関から物音が響いてきた。

「っ、真行寺さん？」

慌てて椅子を立ち上がり、廊下に飛び出す。

玄関に駆けると、真行寺がもつれる足取りで入ってきたところだった。

「真行寺さん、大丈夫ですか？」

まさか、本当に恭の心配した通りだったのか。

倒れ込むように玄関先の廊下に崩れ落ちた真行寺の肩に手をかけると、体が熱い。息も弾んでいるようだ。

「真行寺さん、大丈夫ですか？　真行寺さ――……」

廊下に膝をついた恭が、真行寺の上体を抱き上げるようにして顔を覗き込むと――酒の匂いがした。

「あー、……恭くん、ただいま」

頭をふらふらと揺らして、真行寺が恭の首に腕を伸ばしてくる。

その口調は舌足らずで、相当酔っているようだ。

「なんだ、飲んできただけですか!?」

「うん……」

大きく息を吐いた真行寺が、恭に体を預けてきた。

真行寺がこんなに飲んでくるなんて、珍しい。バーテンダーをやっていれば酒を飲まないこともないはずだけど、こんなふうに酔っ払っているということは仕事とは別に飲んできたのだろう。

仕事仲間とでさえあまり慣れ合わない真行寺が、一体誰と？

ぐったりと体を預けてくる真行寺を恭がじっと見下ろすと、シャツの襟元に赤いシミを見つけた。

口紅。

恭は驚いて、目を瞠《みは》った。

「真行寺さん、お客さんと一緒だったの？」

うん、と真行寺の首が揺れる。

恭は目の前の明るい髪に、そっと触れてみた。真行寺は酔っているせいか、別に避けようともしない。

真行寺がいくら恭に慣れてきたといっても、恭から真行寺に触れようとすることはあまりない。

恭にとっては些細《ささい》なことでも、真行寺にとっては苦痛になる場合もあるからだ。真行寺はそれだけ、過去に嫌な思いをしてきた。

自分が決めた相手以外には、こうして甘えることもできないくらい。

「真行寺さん、お水飲みますか？」

真行寺がぐったりと潰れてしまっているのは、酒のせいだけでもないかもしれない。

女性客と店の外で会って、過度なサービスでも強《し》いられたんだろう。じゃなければ、襟に口紅がついたりしない。

真行寺がこういう時一人になりたいのか、それとも恭がいてもいいのか、判断に迷った。

あるいは部屋まで送り届けてあげるほうが真行寺の気が楽なのかもしれない。

真行寺が、小さく首を横に振った。

やはり構わないで欲しいということなんだろうか、と恭が真行寺の髪から手を離すと、真行寺が顔を上げた。

「……明日千尋に、メイド服作ってもらえるって、伝えといて」

「え、……真行寺さん、まさか今まで」

例のデザイナーをしているという女性と飲んでいたのだろうか。

あんなに「千尋のために客に媚びるなんて」と言っていたのに。こんなにぐったりするまで、苦手な接待を。

「――千尋くんのために？」

「違うよ」

呆れたように言って、真行寺はまた恭の胸に顔を埋めた。

「あぁ、疲れた……」

けだるい口調でそう言って、恭の腰に回した腕にぎゅうっと力を入れてくる。

一人になりたい……というわけではないのだろうか。

恭は戸惑いながらも、もう一度真行寺の髪を撫でてみた。

「お疲れさまです」

二度、三度と撫でても真行寺は恭の手を振り払おうとしない。

恭はなんだか少し嬉しくなって、まるで膝の上に甘えてくる猫でも愛《め》でるように真行寺の柔らかい髪を何度も撫でた。

「――恭くんと一緒にいると、落ち着く」

掠れた声で、ぽつり、と真行寺がつぶやく。

このまま寝入ってしまうのではないかと心配になるくらい、微《かす》かな声だった。

ことり荘の中は寝静まって、しんとしているからかろうじて恭の耳に届いた。

「本当？　嬉しいです」

恭も、小さな声で真行寺の耳にだけ届くような声で答えた。

人間嫌いの真行寺が自分と一緒にいて落ち着くと言ってくれるのは、本当に嬉しかった。

「恭くん、夜は一緒に眠れる？」

甘えたような口調で真行寺が言う。恭は肩を揺らして、声もなく笑った。

「またそんなこと言って……。真行寺さんってば、千尋くんよりも子供みたい」

髪を撫でていた掌で真行寺の薄い肩をポンと叩いて起こそうとすると、真行寺が伏せていた瞼を薄く開いた。

「っ、」

酔っているせいで濡れた眸が妖しい光を帯びて、恭を射抜く。

いつも血の気がないくらい白い真行寺の肌には朱がのぼって、唇も赤く色づいて濡れている。

「そうかな？　……僕は、大人だよ。恭くんよりもずっと、ね」

吐息のような囁き声が、恭の膝から胸を這い上がって、耳朶《じだ》をくすぐる。

恭は真行寺の肩に置いた手の先がわずかに震えたことを悟られまいとしてぎゅっと指先を握った。

「そ、……っそうですよね、お酒飲んで帰ってくるくらいだし！　さ、今日はもう寝ましょう？　ね！」

声を張り上げてしまってから、千尋と乃木が既に眠っていることに気付いて、慌てて口を塞ぐ。

その恭の姿を膝の上から仰いで、真行寺が苦笑を浮かべた。

その表情すら、どこか艶《つや》っぽい。ただでさえも妖しい色気のある真行寺が酔うと、こんなにも妙な色気が出るものだろうか。恐ろしいくらいだ。

恭はドギマギする胸を抑えながら、わざと乱暴に真行寺を引きずり起こすと、二階へ上がる階段へと押し上げた。

＊　＊　＊

視線を感じる。

四方八方から。

恭が一歩進むたびに、女の子の視線が絡みついてくるようだ。

——いや、実際に視線を注がれているのは恭ではなくて、傍らにいる真行寺と、乃木に対してなのだけど。


恭が乃木と一緒に千尋の学園祭に行くということを真行寺が知ったのは、二日前の早朝だった。

「僕、聞いてないけど」

仕事帰りの真行寺はまたしても険しい表情で低く唸ると、自分も一緒に行くと言い出して聞かなかった。

真行寺も千尋の晴れ姿を見たい気持ちはわかるし、みんなで行ったほうが楽しいに決まってる。だけど恭としては、こうなることが容易に想像できて、少し苦笑した。

「体育大学の学園祭なんて暑苦しいだけかと思ってたけど、案外賑わってるんだね」

「千尋くんのメイド喫茶はこの先の広場でオープンテラス形式だそうです」

キャンパス中の女の子の視線を集めている当の本人たちは、まるで意に介したふうでもなく、恭の両脇を平然と歩いている。

きっと、彼らにしてみたらいつものことなのだろう。

恭は生まれてこの方、こんなに女の子の視線を痛いと感じたことはない。

「せっかくだからぐるっと一周していく？」

真行寺が上機嫌で周囲に視線を向けると、その先々で女の子たちが両手で口を押さえ、硬直している。

千尋が言うことには体育大学には女子生徒が少ないというから、きっとこのキャンパスにいる女の子のうちの半分は一般客なんだろう。それも、この学校の男子生徒からナンパでもされる目的があるのかもしれない。だけどこの真行寺の姿を目の当たりにした女の子たちは、そのへんの男子学生が霞《かす》んで見えてしまうんじゃないだろうか。

真行寺はどうしたって人の目を引く。

多分、今日のステージに呼ばれた芸能人だと言ってもみんな納得するだろう。

「千尋くんが店番をする時間まで、あと一時間ほどあります」

休日ということで細身のシルエットが出るシンプルなカットソーを着た乃木は、珍しく前髪を下ろしている。

門のところで配られたチラシを手にして視線を落としている姿は、案の定体育大学の中では浮いて見えた。教授というよりも、インテリ貴公子という感じだ。

前髪を下ろしているというだけでぐっと若く見えるし、少し印象も柔らかい。それを銀縁の眼鏡が引き締めていて、さっきから乃木を見るジャージ姿の女の子が、軒並み口を半開きにしたまま心奪われている。

その二人の谷間で、恭はなるべく目立たないように肩を窄《すぼ》めていた。

わざわざそうしなくても乃木や真行寺よりずっと背は低いんだし——乃木とは三センチしか違わないはずだが、オーラが違いすぎるせいで乃木のほうがすごく大きく感じる——、女の子の目に恭なんてかすりもしないかもしれないけど。

「恭くん、どうする？」

大きく体を傾け、恭の顔を覗き込んだ真行寺が微笑む。

今となっては珍しくもない真行寺の笑顔とはいえ、こんな明るい時間に家の外で見るような機会もあまりない。恭でさえ思わず面食らうような眩しい笑顔に、周囲からも息を呑む声が聞こえた。

しかしそんなことはお構いなしに、真行寺はふふっと声を上げて笑っている。

「なんか、こうしてるとデートみたいだね。恭くん、手、繋ごうか」

歩きながら、真行寺が恭に掌を差し出した。

昨日も遅くまで仕事だったというのに、真行寺はひどく上機嫌のようだ。

明るい髪を風に揺らしながら、よく笑う。こうしてみんなで千尋の学校に遊びに来れるなんて、恭の心も弾むのが抑えきれない。

差し出された手を恭が握り返そうとした時、不意に反対隣の乃木から肩を抱き寄せられた。

「っ、乃木さん？」

きゃあっとどこからともなく黄色い声が上がったようだ。

驚いて恭が乃木の顔を仰ぐと、乃木はいつもの冷静な眼差しで、恭の足元をさした。

「失礼。石が落ちていたので、躓《つまず》いたら危ないと思って」

そう言って乃木はすぐに恭の肩を離してくれたが、何故か真行寺がそれを睨みつけていた。

恭が背後を振り返っても、乃木の言うような大きな石は見当たらない。とはいえ、恭が何もないところで転んだことがないわけでもないので、乃木が心配するのも仕方のないことかもしれない。

「乃木さんの学生時代ってどんな感じだったんですか？」

恭はお礼を言う代わりに乃木を仰いで尋ねた。

いつも沈着冷静な乃木でも、学生時代はこのキャンパスの学生たちと同じようにはしゃいだりもしたのだろうか。――想像もできないけど。

乃木は右手の中指で眼鏡の中央を押さえると、視線だけで恭を見遣った。

珍しく、照れくさそうにしているようにも見えるのは恭の気のせいだろうか。

「……私は薬学部だったので、実験の際に着用しているくたびれた白衣を着けて、マッドサイエンティストカフェを出店しました」

「！」

学生時代の乃木が白衣を着て給仕する姿を想像すると、恭は周囲の女の子たち同様に言葉を失って目を瞠った。

「み、……見たかったです……！　その頃の、乃木さん」

想像だけで身悶《みもだ》えながら恭が声を絞り出すと、乃木がわずかに双眸を細める。

「写真でよろしければ今度お見せします」

「本当ですか?!　約束ですよ！」

恭が勢い込んで言うと、乃木が小さく笑いながら肯いた。

やった、と小さくガッツポーズを固めた恭に乃木が手を伸ばす。その手が恭の髪に触れる寸前、恭は身を翻して、真行寺を振り返った。

「真行寺さん、真行寺さんは学生時代――……あれ、真行寺さん？」

気付くと、傍らを歩いていたはずの真行寺の姿がない。

恭が歩を止めてあたりを見回すと、行き場をなくした手で眼鏡を押さえた乃木も、仕方なく背後を振り返った。

「お兄さん、お願い！　いっぱい、一杯だけ一緒にお茶飲も！」

「ねーねー、アタシらがガッコ案内してあげるから！」

振り返ると、真行寺はすぐに見つかった。

いつの間にか女の子の人集《だか》りができていて、その中から頭が飛び抜けている。

「捕まってしまったようですね」

小さく息を吐いて、呆れたように乃木がつぶやく。

おそらく、今までずっと遠巻きに眺めていた女の子のうちの一人が特攻をかけた瞬間、抜け駆けされてはたまるかとばかり他の女の子たちも飛びついて、あっという間に真行寺の周囲を固めてしまったのだろう。

まるで人気絶頂のハリウッドスターでも来日したみたいな騒ぎだ。

他の一般客も真行寺をモデルか芸能人とでも思ってるのだろう、遠巻きに写真まで撮っている。

「小島くん、我々だけ先に――」

乃木がふいと顔を背けて千尋の店の方へ向かおうとした。

しかし――

「真行寺さん」

恭は、女の子の山を押しのけて真行寺に腕を伸ばした。

無躾《ぶしつけ》に向けられる知らない人のシャッター音。媚びた口調で馴れ馴れしく話しかけながらベタベタと体に触れてくる女の子たち。真行寺の体をまるでモノのように乱暴に引っ張る腕。

どれもこれも、真行寺が人間嫌いになるのには充分すぎた、好意という名の暴力だ。

拒絶する言葉すら女の子たちの甲高い声に掻き消されて表情をなくした真行寺に恭が掌を伸ばすと、真行寺がその手をしっかりと握り返した。

瞬間、真行寺の顔が泣きそうに歪《ゆが》んで見えたような気がしたのは、ただ微笑んだだけかもしれない。

恭が強引に真行寺を女の子の輪の中から連れ出すと、数メートル先で呆れたように腕を組んで立っている乃木のもとへ駆けた。

「ありがとう、恭くん」

「ううん、僕のほうこそ気が付かなくてごめんなさい」

さっき、真行寺が手を繋ごうと言っていたのは恭のためではなくて、真行寺を守るためだったのかもしれない。

恭は真行寺の大きな掌をしっかりと握った手を見下ろすと、改めてぎゅっと強く握り直した。

「――……」

ふと視線を感じて顔を上げると、恭と真行寺の繋いだ手を、乃木がじっと見つめていた。

「乃木さんも、手、繋ぎますか？」

空いたほうの掌を胸の高さで開いてみせて、恭は笑った。

三人で手を繋いで、なんてまるで子供みたいだけど、今日はお祭りなんだからこんなのもいいだろう。千尋に会ったら大きな声で騒がれて、抱きつかれるかもしれない。

「……いえ、私は結構です」

口端を引き下げた乃木が、眼鏡を押さえてそっぽを向く。

その様子を見た真行寺が、乃木を揶揄《からか》うようにニヤニヤと笑った。これみよがしに恭と握った手を大きく前後に揺らしながら、指を絡ませるように繋ぎ直してくる。

「………」

眉間に皺を寄せた乃木に、真行寺は鼻歌でも歌い出しそうだ。

「さ、恭くん。千尋の女装を見に行こう？」

真行寺が恭の手を引いて、歩き出す。

スキップでもしそうな足取りの真行寺から一拍遅れた乃木を振り返ると、恭はもう一度手を差し出した。

「乃木さん、はい！」

手を繋ぎましょう、と小さく首を傾けると、乃木の骨ばった手がぴくりと震えた。

その時――。

「あーっ恭さん！」

軒を連ねた模擬店テントの向こう側から、大きな声が響いてきた。

「うわ、来た」

真行寺が顔を顰《しか》めて、恭をかばうように背後に回す。

乃木は結局恭の手を取ることなく、しかし真行寺の背中に恭が鼻面をぶつけてしまわないようにそっと恭の肩を押さえてくれた。

恭がちらと乃木の顔を窺うと、乃木は小さく微笑んだ。

間もなく、大柄のメイドがスカートを押さえて走ってくる。これはこれで、周囲の視線を独占だ。

真行寺に見とれていた女の子たちでさえ、目を奪われている。指をさして笑ってる子もいた。

「恭さん！　ちょー探しましたよ！　ってか真行寺さんまで来てるし！」

フリルがふんだんにあしらわれたミニスカートのメイド服を着た千尋が、真行寺のガードを避けて恭に抱きつこうとする。それを防ごうとする真行寺との攻防を見ていると、恭も思わず笑いが零れた。

「お待たせいたしました、ご主人様！　俺から恭さ……ご主人様へ、愛情た～っぷりのワッフルセットでございまぁす！」

大きく膨《ふく》らんだスカートの裾は、千尋が少し身じろぐだけでフワフワと揺れる。その裾の長さは恭たちが勧められた丸いテーブルセットの高さほどしかない。あまり千尋が派手に動くと、下着が見えてしまいそうだ。

恭は、さっき千尋がスカートを必死に押さえながら走ってきた様子を思い出して、口元を押さえた。

「ハイ、こっちは乃木さんへ。レンジでチンしたミニオムレツと、真行寺さんにはレトルトカレーセットでーす」

「おい！」

「千尋くん、自ら営業妨害してますすね」

わざとらしくおざなりな対応をする千尋に、乃木と真行寺は呆れ顔だ。

普段の千尋を知っているから、これがただの照れ隠しだってことくらいわかる。

そういえば恭も中学校の授業参観なんかに母親が来た時は、ちょっとぶっきらぼうにしてみせたりもしたものだ。

「恭さん、学祭楽しんでますか？」

三人の兄弟のような店子のやり取りを眺めて恭が微笑ましく思っていると、千尋がしゃがみ込んで恭の顔を下から覗きこんできた。両手を揃えてテーブルに伏せ、その上にちょこんと顎を乗せる。

「うん、すごく賑やかだね。それに、千尋くんのお店も盛況みたいで良かった」

千尋に案内された恭たちは、テーブルに着くまで実に二十分もかかった。

それでも千尋が無理にねじ込んでくれたくらいで、今も店の周囲には入りきれない人が並んでいる。オープンテラス形式だから待っているお客さんも女装メイドの働く姿を十分に楽しめるから、待っていても苦にならない。

千尋をはじめとする女装メイドたちはみんなサービス満点で、化粧をしてる子もいればしていない子もいる。千尋は顔だけ見ればいつもと変わらないけど、白いレースをあしらわれたカチューシャを着けていた。

「もー忙しすぎて、休憩時間返上ですよ。恭さん迎えに行く時間だけ、何がなんでも抜けさせてもらいましたけど」

「今現在サボってんじゃん」

働けよ、と真行寺がテーブルの下の長い足を向けると、千尋が俊敏《しゅんびん》に立ち上がって避けた。スカートの裾がひらりと舞い、周囲のテーブルのお客さんがお約束とばかり、千尋のスカートの中を覗いた。

「ダメですよご主人様たちー。俺のスカートの中身は恭さん限定公開なんですから」

大柄な身をよじって可愛らしくスカートを押さえる千尋の姿に、お客さんが沸《わ》く。

千尋はメイド服のクオリティもさることながら——やはりプロの手がけたメイド服は他の子が着てるようなバラエティショップの安物とは違って、華麗だ——、千尋自身の愛嬌《あいきょう》と、体が大きいのに可愛らしいその仕草ですごく目立って見えた。

「千尋ちゃーん、チェキご指名入りましたー」

レジのほうから執事姿の女の子の声が飛んでくる。

このお店では飲食の他に、メイドと一緒に写真を撮ることもできるらしい。恭たちが順番を待っている間も、千尋は何人ものお客さんに「ご指名」をもらっていた。

「はーい！　あ、恭さんゆっくりしてってくださいね！　すぐに帰らないでね！　俺すぐ戻ってくるから」

千尋はレジと恭を交互に慌ただしく見比べて、名残惜しそうにテーブルを離れていく。

「こんな混んでるのに帰るなって言われてもねえ」

その後ろ姿を眺めながら、真行寺が呆れたように頬杖をつく。

接客業をやっている真行寺からしてみると、気が気じゃないんだろう。

「真行寺さんもメイド服、作ってもらったら良かったのに。きっと、似合いますよ」

愛情たっぷりらしいワッフルにナイフをあてながら恭が笑うと、真行寺が色素の薄い眸を瞬かせた。

「冗談。僕があんなの着たら、……失神者が出るよ」

「失神するのは真行寺くんのほうでしょう」

乃木がセットのアイスティを飲みながら、口を挟む。

確かに、真行寺があんなひらひらした服を着たらまさに動くフランス人形のようになって、男女問わず客が殺到《さっとう》してしまうだろう。挙《あ》げ句《く》、失神するのは真行寺のほうかもしれない。

恭は思わず笑いそうになった口を押さえて、ワッフルを押し込んだ。

ふわふわのワッフルの中に甘酸っぱいジャムと生クリームが包み込まれて、優しい味がする。

千尋が愛情たっぷりと言っていたのも肯ける美味しさだ。

「恭くんがメイド服なんて着た日には……」

ワッフルに夢中になっている恭に、真行寺がチラリと視線を向けた。

「今度、エプロンの代わりに着てみましょうか？」

「ぜひ、乃木さんや千尋のいない昼間限定でお願いします」

冗談で言った恭に、真行寺が深々と頭を下げる。

「真行寺くん、何考えてるんですか」

呆れたように、乃木が大きくため息を吐く。

「乃木さんは、執事の格好をしたほうが似合いそうですね」

レジに立つ女の子の執事姿を目で追いながら恭が言うと、乃木は目を眇めて眼鏡を押し上げた。

「私が執事で小島くんがメイドですか」

「なに満更《まんざら》でもないような顔してんだよ、このムッツリメガネ」

真行寺のツッコミに、恭は声を上げて笑ってしまった。

乃木を捕まえてムッツリメガネだなんて、なかなか言えるものじゃない。乃木は不満そうに眉を顰めたが、真行寺は気にするふうもない。

ひとしきり笑った恭がミルクティに手を伸ばした時、ふいに乃木が席を立ち上がってポケットから電話を取り出した。

「あ、――失礼」

「会社からです」

すみませんと小さく会釈した乃木が、テーブルを離れる。

いつもクールな表情の乃木が、通話を始めた途端さらにぐっと引き締まったような気がした。あれでも、やはりプライベートは気持ちを緩めていたのかもしれない。

他の人にはわからない程度の変化かもしれないけど、恭の目にははっきりとそれが見て取れて、少し嬉しいような気がした。

「休日まで仕事かあ……」

遠くに離れた乃木の姿を眺めながら恭がつぶやくと、テーブルの上の恭の手を、真行寺が握った。

「恭くん、このままどっか行っちゃおうか？」

「え？」

驚いて振り返ると、真行寺は悪戯《いたずら》っぽく目を輝かせて恭に顔を寄せてきた。

いくら見慣れているとはいえ、改めて間近に見ると迫力さえ感じるくらいの美形だ。周囲の視線も気になって、恭は気後れした。

「だ、だって千尋くんは勝手に帰るなって言ってたし、乃木さんだって電話が終わったら――……」

「僕、あと二時間もしたら仕事行かなきゃいけないんだよね。……少しでいいから恭くんとのデート、楽しみたいな」

デートって。

真行寺のいつもの冗談を恭が笑おうとした時、不意に真行寺が険しい表情で視線を上げた。

「恭くん、隠れて！」

低く潜められた声。

同時にぐいと腕を引かれ、恭は椅子から転げ落ちそうになりながら立ち上がった。

「え？　……何？」

「楓さんだ」

真行寺の視線の先を追うと、あたりを窺いながらこちらに歩いてくる長身の女性の姿があった。

黒を基調としたシックなスーツを着て、サングラスで半分隠れていても、美人だということがわかる。

「楓さんって、千尋くんのメイド服を作ってくれた……？」

女性は人気の女装メイド喫茶を見つけると、これが目当てだったとばかり真っ直ぐ歩み寄ってきた。

真行寺が恭の背中をぐいぐいと押して、テーブルから遠ざけようとする。

千尋のメイド服を作ってもらうために彼女を接待した後の真行寺の、疲れきった表情を思い出す。

彼女に問題があるわけじゃないだろう。真行寺が、極端に人付き合いを苦手に思っているだけだとしても。恭はとてもここを離れる気になれなかった。

「僕も楓さんにご挨拶《あいさつ》したほうがいいんじゃないの？　千尋くんのメイド服を作ってもらったお礼を――」

「いいから隠れて!!」

楓の接近に怯えるように、真行寺が真剣な表情で恭を背中に回した。

「あんなメギツネに恭くんを会わせたら、恭くんが汚される！」

「そんな失礼なこと言っていいの!?」

驚いた恭が目を瞠っても、真行寺は強張った表情で恭を隠す場所を探している。

しかしここはオープンテラスだ。あたりを窺った真行寺が、恭を身近なメイドに押し付けた。

「恭くんをお願い！」

急に大の男を押し付けられたメイドは怪訝《けげん》な表情ながら、恭の肩をしっかり摑んで、曖昧《あいまい》に肯いた。

鬼気迫る美形に頼まれごとをされて肯かない人はいないだろう。だってまるで、ドラマのワンシーンみたいだ。

「へ、……変なことに巻き込んでごめんね」

恭が見知らぬメイドを仰いで苦笑を浮かべると、浅黒い肌をしたメイドくんは目を瞬かせた後、首を竦めて笑った。

恭を預けた真行寺は髪の乱れを手櫛《てぐし》で簡単に直して気を取り直すと、自ら「楓さん」に向かって歩いて行く。

その表情は恭の知らない、接客用の真行寺の姿だった。

「楓さん、いらしてたんですか」

背筋を伸ばし、柔らかな声で女性に話しかける真行寺の姿に、周囲の視線が奪われる。

自分の作ったメイド服を探していたのか、あるいは真行寺を探していたのか、周囲を窺っていた女性は真行寺に声をかけられるとすぐにサングラスを外して満面の笑みを浮かべた。

思った通り、サングラスを取っても美人だ。

大人の女性の魅力というかキリリとしたはっきりした顔立ちで、デキる女という感じがする。

真行寺に抱きつかんばかりの楓の姿を見つけ、いつの間にかメイド服を脱いだ千尋が駆け出てくる。

高身長にハイヒールを履いた美人と、それに並んでもなんら引けをとらない真行寺と千尋の姿は、見ている人間が思わずため息を漏らすような光景だった。

あの場に、恭がいなくて確かに正解だったのかもしれない、とさえ思える。

難しい表情をして額に垂らした前髪を掻き上げながら電話を続けている乃木も、真行寺や千尋も、急に遠い存在に思えた。

いつもはことり荘の中にいて、家族のように思っていたのに。

乃木も真行寺も千尋も、みんなそれぞれ恭の知らない顔があって、いつかはことり荘を巣立っていくんだ——そう思うと、胸が締め付けられるような気がした。

「——恭さんって、千尋の下宿先の大家さんだっけ？」

「え？」

恭の顔を覗き込んできたのは、真行寺に恭を押し付けられたメイドくんだった。

「とりあえず、こっちこっち」

肩を摑まれて強引に方向転換を強いられると、中庭に面した校舎に連れて行かれる。

「えっ、あの……えっと、」

「あのイケメンおにーさんに隠れててって言われてたじゃん？　お話が終わるまで、こっちに隠れてなよ」

メイドくんはにこやかに言いながら、恭の背中を力強く押してくる。

戸惑いながら恭が足を踏みとどまろうとしても、さすがに体育大学の生徒だと思わせる腕の力がある。恭は真行寺と千尋をもう一度振り返ったが、楓と話が弾んでいるようだ。

千尋がいるなら、真行寺も少しは気が楽なのかもしれない。

「あれー？　誰、ソレ」

　校舎に入ると、メイド服からジャージに着替えた男子生徒が二人、スリッパの底をぺたぺた鳴らしながら近づいてきた。

　一人は髪を赤く染めていて、もう一人はきつく吊り上がった目が印象的だ。

　メイドくんに肩を押された恭を、珍しいものでも見るかのようにジロジロと舐《な》めるように見てくる。

「アレだって、千尋の大家さん」

「おお！　恭さん、ってやつ？」

　ピュウっと短い口笛が響いた。

　連れ込まれた校舎には催し物を開いている教室はないらしくあたりは静まり返っている。賑やかな学園祭と切り離されたように感じた。

「千尋、いっつも俺らに大家さんの話してくるんスよ」

「そうそう、恭さんちょー可愛いー、まじ可愛いーって」

　ゲラゲラと声を上げて、ジャージ姿の男の子たちが笑う。

　千尋とは少し印象が違うけど、彼らも千尋と同じクラスで、友達なんだろう。

　そういえば千尋が、友達も紹介したいし、と言っていた。恭も千尋の友達になかなか会う機会なんてない。

　恭は背中を押すメイドくんの腕が緩んだのを見計らって、深々と頭を下げた。

「いつも千尋くんがお世話になってます」

「いや、世話になってんのは千尋のほうじゃねーの？」

くくっと一人が笑い声を漏らすと、その傍らの一人がその脇腹を小突く。

確かに恭は大家だし、お世話になってますという挨拶はおかしいかもしれないけど、千尋は恭にとって家族みたいなものだ。それに、千尋はよく家事を手伝ってくれてるし。

「しっかし、これが噂の恭さんか～」

顎に手をあて、親指で唇を撫でながら恭をつま先から頭のてっぺんまで観察するように眺めて、ジャージの一人が言う。

「俺さー、正直、期待してなかったんだよね。いくら可愛いっつっても、どーせ男でしょ？」

「いや、コレはイケるね。俺全然よゆー」

赤髪と吊り目が、しきりに目配せし合いながら、忍び笑いを漏らす。

気がつくと、恭は三人に取り囲まれるような位置に立っていた。

誘導された教室は用具入れのような場所で、電気もつけられず、薄暗い。

恭は妙な居心地の悪さを感じていた。まるで、見世物にでもされてる気分だ。

「ねえねえ恭さん、もうさー、さっきのイケメンなんかほっといて、俺らと遊ばない？」

メイドくんが恭の腕を摑んで、顔を覗き込んでくる。

「えっ、だって君たちメイドの仕事が残ってるんじゃ……」

「そんなの、テキトーでいいんだよ、テキトーでぇ」

三人は声を上げて笑った。耳障《みみざわ》りな、嫌な笑い方だ。

千尋の友達だっていうけど、本当なんだろうか。とても、千尋とは似合わないような気がする。もしかしたら本当はこの子たちもいい子なのかもしれないけど。

でも女装メイドカフェを適当でいいんだなんて、千尋は絶対に言わない。

「ダメだよ、君たちのメイド姿を楽しみにして、あんなにお客さんが待ってるのに」

恭が叱るように語気を強めると、一瞬、三人が顔を見合わせた。

しかし次の瞬間、ぷっと噴き出す。

「うわ、やべーわ。恭さん、マジかわいーね」

喉を震わせるようにして笑いながら、吊り目が恭の肩を掴む。不躾な接触を嫌がって恭がその手をやんわり払いのけると、今度は赤髪が恭の手を無理やり掴んだ。

「いいじゃん。俺さっきちゃんと店番やったしー。大学案内してあげるからさ。一緒にあそぼーよ」

恭は、来た方向を振り返って校舎の外を窺い見た。ここからじゃ乃木の姿も、真行寺の様子も見えない。

「ねー、恭さん～。朝まで退屈させないからさ～」

赤髪がわざとらしく媚びるような口調で言うと、残りの二人がぎゃははと笑った。

「でも僕、他の人と一緒に来てるから……」

勝手に行方をくらましたら、迷惑をかけてしまう。

そう言って固辞《こじ》しようとすると、出入り口を振り返った恭の肩に腕を回して、メイドくんが顔を寄せてきた。

「恭さん、そんなつれないこと言わないでさ〜。俺らが楽しませてあげるって、言ってんじゃん？」

「！」

顔が、近い。

恭が首を竦めてぎゅうっと目を瞑った瞬間、

「それ以上その人に触ったら、その汚らしい腕をへし折ります」

聞き慣れた涼やかな声が恭の耳に飛び込んできた。

「ていうか、それ以上恭くんを見たら、目を潰すよ？」

次いで、怖いくらいに甘やかな声がしたかと思うと目の前の影が押しのけられた。恭が反射的に目を開くと、視界に飛び込んできたのは今にも泣きそうな千尋の顔だった。

「恭さん、大丈夫ですか!?　すみません、俺がちゃんと見てなかったから……」

その額に汗を浮かべて、息を切らしている。探させてしまったのかもしれない。

恭がぎこちなく肯くと、千尋は恭を守るように背後に回して友達を振り返った。

「っ、千尋……バカお前、こんなん冗談じゃん？　俺はそこのイケメンに頼まれたから匿《かくま》ってやっただけだろ」

メイドくんが引きつった声で弁明する。

千尋の背中しか見えない恭には、今千尋がどんな表情を浮かべているかはわからない。

「あ～萎《な》えた。行こうぜ、塚田《つかだ》」

ジャージ姿の二人が、メイドくんを促して踵を返す。

塚田と呼ばれたメイドくんも、負け惜しみのようにチッと舌打ちをひとつ残して、逃げるようにその場を後にした。

「おい……！」

その後ろ姿を、真行寺が呼び止めようとする。

恭は強張った表情をしている真行寺の腕を摑んで、それを止めた。

「大丈夫です。本当にあの子たちは、僕をここまで案内してくれただけだから」

ちょっと嫌な感じはしたけど、大したことじゃない。

恭が真行寺を仰いで笑うと、真行寺が眉間の皺を深くした。

「ごめん、僕が恭くんを知らない奴に頼んだりしたから――……」

まるで懺悔《ざんげ》でもするように深く項垂《うなだ》れる真行寺に、恭は慌てて首を振った。

「え、ぜんぜん大丈夫だよ！　ていうか別に一人でも大丈夫だったし！」

子供じゃないんだから、と恭が両手を振っても、真行寺は頭を上げようとしない。

真行寺の肩に手をあてて無理やり顔を上げさせようとすると、背後で乃木のため息が聞こえた。

「何事もなかったから良かったようなものの、もし小島くんに何かあったらどうするつもりだったんですか」

「乃木さん、ご心配おかけしてすみませんでした。でも、全然平気――」

「我々が助けに来るのがもっと遅かったら、君はどうなっていたか知れませんよ？　それでも、平気だって言えますか？　私は耐えられません。君が、あんな輩《やから》の手にかかるなんて」

見上げた乃木の表情は、いつもと変わらないように見えて、少し青ざめているようだった。

眼鏡を押さえた指先も微かに震えている。

「お、大袈裟ですよ乃木さん」

心配してくれるのは嬉しいけど、と恭が続けようとすると、真行寺がフンと鼻を鳴らした。

「それを言うなら、恭くんから目を離した自分を責めればいいだろ。恭くんに文句を言う筋合いじゃない」

「文句なんて言ってません。それに、小島くんから目を離したのは君も同じです。私は君がいるから、席を離れたのであって」

「はぁ？　僕が悪いって言いたいのか？」

真行寺が恭を押しのけて、乃木に詰め寄った。

頭ひとつ大きい真行寺が睨みつけても、乃木は冷ややかな視線を向けるだけだった。

「ちょ、……ちょっと、二人とも」

乃木と真行寺の間に流れる険悪な空気に、恭は息を呑んだ。

今まで真行寺と千尋がじゃれ合うことはあっても、乃木と真行寺がこんなふうに言い争うことなんてなかったのに。

「僕は楓さんから恭くんを守るために席を離れたんだよ。本当に心配なら、恭くんに首輪でもつけておけば良かったんじゃないか？　アンタのお得意だろ、首輪」

ハハッと乾いた嗤《わら》い声を上げた真行寺に、乃木が表情を歪めた。

と思った次の瞬間、真行寺の頬を乃木の拳が捉《とら》えた。

「！」

恭は目を疑った。

まさか、店子の間でこんな喧嘩《けんか》になるなんて。

「ちょっと、乃木さん、真行寺さんも落ち着いてくださいよ。今ここでそんなことやらなくてもいいじゃないですか」

千尋が恭の前に出ると、睨み合った乃木と真行寺の間に割って入る。

しかし場を収めようとして広げた掌を、真行寺が乱暴に弾き返した。

「大体、なんなんだよあいつら。千尋、お前の友達ってあんなゲスなのばっかりなのか？　つーかお前も、いい子ちゃん面してるだけだったりしてな」

「ッ、真行寺さん……言っていいことと悪いことがありますよ。俺はいい子ちゃん面してるつもりもないし、塚田とは同じ授業を取ってるってだけで、別に友達ってわけじゃ」

真行寺に弾かれた千尋の手に力が込もっているのが、筋肉の隆起でわかった。

千尋が腕を振るえば、本当にこの場は収まらないだろう。それどころか、三人の間に大きな亀裂が入ってしまうかもしれない。

恭は下唇を噛み締めた。

「彼らに小島くんを預けたのは真行寺くんでしょう。千尋くんのことを棚に上げて、責任逃れですか」

「じゃあアンタはその間なにやってたんだよ！　そんなに仕事したきゃ、こんなとこに来なきゃいいだろ！」

真行寺が苛立ちに任せて部屋の壁を強く殴りつけた。それに反応するように千尋の顔が上気する。

千尋の拳がぴくりと震えた。

「……いい加減にしてください！」

瞬間、恭は部屋の戸がビリビリと震えるような大声を張り上げていた。

三人が、目を瞠って恭を振り返る。

心臓が強く胸を叩いて、恭は今にも泣きそうなのを堪《こら》えた。

「僕が、心配をかけたのが悪かったんです。……謝ります」

絞り出した恭の声は震えて、ひどくか細くなってしまったけど、三人は固唾《かたず》を飲んで耳を澄ませてくれている。

ただ一人、千尋が「恭さんは悪くないです」とつぶやくように言ってくれたが、その声のほうがよほど小さかった。

「僕は、彼らのことよりも……こんなことが原因でみんなが喧嘩するほうが、ずっと嫌です」

表情を強張らせた恭が言うと、真行寺と乃木が顔を見合わせた。

乃木も真行寺も千尋も、ことり荘にいる時と別の顔を持っているのは知ってるし、いつかはことり荘からいなくなるんだろうとも思う。

乃木はかっこいいし仕事もできるんだからいい人と結婚して欲しいし、真行寺だっていつか恭のように甘えられる人が現れるかもしれない。千尋も大学を卒業したらどうなるかわからない。

だけど、いつかことり荘を出て行く日が来るまでは、家族のように仲良く暮らしたい。

「――……喧嘩は、いやです」

ほとんど泣きじゃくるような声で恭が繰り返すと、乃木が恭の頭にするりと掌を滑らせた。

「すみません」

そのままやんわりと胸に抱き寄せられて、頭上から染み込むような低い声が落ちてくる。

「ごめん、恭くん。……泣かないで」

萎《しお》れたような声に恭が顔を向けると、真行寺が腰を屈めて恭の顔を覗き込んでいた。

ぶらんと垂れ下がった恭の手を、千尋がぎゅっと握ってくる。

「謝るなら、恭さんにじゃなくて俺たちがお互いに謝らなきゃでしょ。……乃木さん真行寺さん、ごめんなさい。恭さんも、ごめんなさい。あいつらにもちゃんと言っときますから」

千尋に微笑みかけてから頭上の乃木と真行寺を仰ぐと、二人はバツの悪い表情を浮かべながらも、ぎこちなく頭を下げ合った。


「恭さん、今日は本当にすみませんでした」

その晩、仕事に行きたくないとゴネる真行寺を宥《なだ》めすかして送り出し、いつも通り乃木、千尋、恭の三人で夕飯を食べた後、千尋は片付けを手伝っていた。

「本当にもういいってば。……それより千尋くん、本当に打ち上げ参加しなくて良かったの？」

「いいんです、なんかそんな気分じゃなかったし」

洗った皿を拭きながら首を振る千尋を横目に見て、恭は苦笑を零した。

せっかくの千尋の学園祭に、嫌な思い出を残してしまったような気がする。しかしそれを恭自身が気にしたら、他の三人まで気に病んでしまう。

「あ、でもあいつらにはホント、しつこいくらいちゃんと言っときますから！」

千尋が持っている皿を真っ二つに割らんばかりの勢いで顔を顰める。

「ちゃんと仲直りできるといいね」

気遣うように恭が千尋を窺うと、千尋は黙って肯いた。

しばらく、恭が皿を洗い流す音だけが台所に響く。

今日の千尋はいつもよりも言葉数が少ない。

落ち込んでいるのかもしれない。友達ではないといっても同じ授業を取っている面識のある相手とわだかまりを残してしまうことを気にしているのか、あるいは。

恭も気を抜くとため息が漏れてきそうな夜だった。

乃木と真行寺の喧嘩のせいだ。あんなことで二人の間がギクシャクしてしまったらどうしようと、気が気じゃない。

「……恭さん」

食器棚を閉じた千尋が、ポツリとつぶやいた。

恭が水道を止めて肩越しに振り返ると、千尋はもじもじと床の上に視線を伏せていた。

「俺、恭さんに学祭来てもらって本当に嬉しかったです。あんな奴らに絡まれて、恭さんは嫌な思いしたかもしれないけど――俺本当に今日のことずっと楽しみにしてて、恭さんに俺の頑張ってるとこ見てもらって、すっごい幸せでした」

トラブルがあったせいで満面の笑みを浮かべるわけにもいかないのだろう。

千尋がうつむいたまま、複雑そうな表情を浮かべている。それを見ると、恭は千尋が可愛くて仕方なくなってきた。

エプロンの裾で手を拭って、千尋の頭に手を伸ばす。

「あの、俺……かーちゃんいなくて、父親は仕事忙しかったし、今まで授業参観とかも来てもらったことなくて、今日すごいはりきってて……本当、今日が人生で一番、嬉しかったです」

恭の手に素直に頭を下げた千尋の声が、少し震えている。泣きそうなのかもしれない。

「うん、僕も楽しかったよ。千尋くんのメイド姿見れて、嬉しかった。自分の晴れ舞台を親しい人に見てもらえるのって、ちょっと恥ずかしいけど嬉しいよね。これからも千尋くんの行事は全部見に行くね」

くるくるとカールした千尋の髪を撫で付けるように触れると、千尋の頰がほんのりと上気した。体温が上がってるのが、恭が触れた頭からもわかる。

恭は千尋の頭を少し引き寄せると、両手で掻き回すようにぐりぐりと撫でた。

「ふふ、僕なんだか千尋くんのお父さんみたいな感じ？　千尋えらいぞーよくやったぞー」

威厳《いげん》を出すように太い声を出して恭が笑うと、千尋ががばっと急に頭を上げた。

思わず驚いて腕を引っ込めた恭の肩を、千尋が摑む。

「違います、恭さんはお父さんなんかじゃ――」

その真剣な表情に面食らって、恭は口を噤《つぐ》んだ。

千尋の家族の話は詳しくは知らないけど、要らないことを言ってしまったか、と恭が詫びようとした時、千尋の顔が見る間に赤く染まっていく。

「き、恭さんは――なんていうか、その……っ、いつも優しいし、作ってくれるご飯も美味しいし」

「？　ありがとう。いつも千尋くんが手伝ってくれるおかげだよ」

肩を摑んだ千尋の手に触れて恭が小さく頭を下げると、千尋の視線が泳ぐ。顔が茹《ゆ》でダコのようになっていて、耳まで真っ赤だ。

「千尋くん？」

まさか熱でもあるんだろうか。

恭がその額に触れようとした時、千尋が肩を摑む手にグッと力を込めた。

「お、俺はっ、千尋さんをお嫁さんにしたい、っていうか——……！」

お嫁さん。

恭は目を瞬かせて、呆けたように千尋の顔を仰いだ。

「千尋くん。……僕は男だから、そもそもお嫁さんにはなれないよ？」

首を傾げた恭が言うと、千尋の動きが止まった。

ぽかんと開いた千尋の口から、微かな呻《うめ》き声が漏れてきた。

「あ——……はい、そう、なんですけど……そう、じゃなくて」

はぁ、と一度大きく千尋がため息を吐く。もしかしたら深呼吸のつもりだったのかもしれない。

その後で背筋を伸ばしたかと思うと、千尋の顔が引き締まっていた。まだ赤さは残っているが、口を真一文字に結んで、キリッと整った眉にも力が入っている。

こうしていると、いつもの「ことり荘の末っ子」である千尋じゃないみたいだ。恭は思わず、千尋の凜々《りり》しい表情に見とれた。

「恭さん、真剣に聞いてください。俺は、恭さんのことが――」

しっかりと、恭の胸に沈み込むような千尋の真剣な声。

恭は千尋の思い詰めたような顔を仰いで、言葉を待った。

しかし。

「千尋、てめえ……」

ガタタッと背後で物音がしたかと思うと、振り返った恭の目の前に疲れた顔の真行寺が迫ってきていた。

あっと声を上げる間もなく腕を回され、千尋から引き離される。

「真行寺さん!? お仕事、終わったんですか？」

「恭くんのことが心配だったからちょっと早く上がったんだけど、途中で不穏《ふおん》な連絡来たから走って帰ってきた！ まったく、あんな全力疾走《しっそう》久しぶりだよ」

恭の肩をぎゅうっと抱きしめた真行寺の息が確かに上がっている。

相変わらず真行寺の言うことはよくわからない。

「心配って……」

ことり荘にいてさえ恭が危険に晒《さら》されることなんてないのに。昼間一人でいる時ならまだしも、千尋もいるのに。

話を途中で遮られた千尋の顔を窺うと、千尋は頭を抱えるようにして蹲《うずくま》っている。

「千尋くん、君って人は……まったく油断なりませんね」

いつの間にか乃木も起きてきて、険しい表情でため息を吐いている。

「っ……なんなんですか、もう！　この家、盗聴器でも仕掛けられてるんですか⁉」

「ええっそうなの？」

一人で陽気に鼻歌を歌っているのももしや筒抜けなのか、と恭が竦み上がると、乃木が煌《きら》めく眼鏡をそっと指で押し上げた。

「それはともかく。──千尋くん、約束が違いますよ」

ギクリ、と目に見えて千尋の肩が強張った。

乃木から顔を逸《そ》らし、食器棚の扉を爪で掻いている。

「僕たちが邪魔しなかったら、一人で抜け駆けしようとしてたのか？」

真行寺も、唸るように低い声で千尋を追い詰めた。

真行寺のこの声を聞くのは、今日だけでもう二回目だ。恭は、胸の中がざわつくのを感じた。

「い、いやだって……なんかあいつらのせいで、変な形で誤解されるよりは、ちゃんと伝えといたほうがいいかと思っ──」

「協定を忘れたんですか」

乃木が一歩千尋に歩み寄ると、千尋が唇を噛んで身を縮めた。

台所の空気がぴんと張り詰めている。

でも、恭には何が起きているのかさっぱりわからない。

「……真行寺さん、協定ってなんのことですか？　約束って？」

恭の肩を抱いたままの真行寺の袖を摑んで尋ねると、真行寺はふわりと花のように優しく笑って、恭の頭を撫でてくれた。

「恭くんは気にしなくて大丈夫だよ。僕たちが三人で勝手に決めたことだから」

「……でも――」

恭が言い募ろうとした矢先、千尋がばっと身を翻して、真行寺を指さした。

「真行寺さんはどうなんですか！　恭さんにあんなべったりくっついて……！」

「君だっていつも抱きついてるじゃありませんか」

乃木が冷たく言い放つ。

真行寺は関係ないと言っていたけど、やはり恭が関係しているようだ。

恭がもう一度傍らを窺うと、真行寺は涼しい顔で肩を竦める。

「まあ、僕はもともと協定に従うなんて言ってないしね。ただ、逸脱《いつだつ》したらここから追い出すって言うから、最低限のマナーは守ってるつもりだけど」

「追い出すって……！」

恭は目を瞠った。

ことり荘の店子の間で追い出すだの追い出されるだの、そんな脅迫じみたやり取りが交わされてるなんて知らなかった。

それを決められるのは恭だけだし、恭は三人のうちの誰一人として、抜けて欲しくないくらいなのに。

恭は腹の底から、ぐらぐらと熱いものが湧き上がってくるのを感じた。

「乃木さんだってそうですよ！　こないだだって、恭さんとなんか便所でコソコソと……」

「電球をつけてあげることが何か問題ですか？　自分の行いを棚に上げて、他人を非難しないでください」

「は？　乃木さんのそれ、僕聞いてないけど。トイレでコソコソってどういうこと？　ちょっと聞き捨てならないよ」

「だから電球を――」

「違いますよ！　だって恭さんを閉じ込めるようにして入り口塞いで立ってたじゃないですか！　なんか距離も近かったし！」

千尋がここぞとばかりに反撃を試みると、真行寺の眦がますます鋭くなった。

乃木も苛立ちを抑えるように何度も眼鏡に触れている。

千尋の、乃木を非難する声が大きくなる。

「――……何度言ったらわかるんですか」

気がつくと、恭はつぶやいていた。

低く、地を這うような低い声で、恭自身、それが自分の声だと気が付くまで時間がかかった。

最初に気付いたのは、乃木だった。

恭を振り返った乃木につられて、真行寺が口を噤む。千尋も驚いたように目を丸くしていた。

でも、もう止まらない。

「喧嘩はダメだ、って昼間に言ったばかりじゃないですか」

恭は自然と拳に力を込めていた。力みすぎて、震えるくらいに。

「き、恭くん？　あの、これは――」

「何が僕には関係ないことなんですか！」

声を張り上げて、台所の壁を思い切り殴る。驚くほど大きな音がしたけど、今は痛みも感じなかった。

「約束だか協定だか知りませんけど、ここを追い出すなんて、そんなこと勝手に決められては困ります。ここの大家は誰ですか？　言ってみなさい」

恭が睨みつけると、偶然目が合った千尋が怯えたように背を丸めながら、小さな声で「恭さんです」と答えた。

「大家である僕が認めないのに、勝手に追い出したりするのは、僕は許しませんよ。みんなはどうか知りませんけど、僕は――みんなのことを、家族のように……思って、て」

そこまで言うと、恭は急に悲しさが突き上げてきて言葉を詰まらせた。

店子がいつかことり荘を出て行くのは当然のことだ。それが幸せな理由なら、祝福すべきだろうとも思う。

だけど、その時でさえうまく笑えるか自信がないのに、わけのわからないいがみ合いで追い出すだの、追い出されるだので別れることになったら。

恭は想像するだけで、つらくなってきた。

三人も恭と同じ気持でいてくれると思っていたのに。

「き、恭くんごめん——あの、これは喧嘩なんかじゃなくてね」

昼間と同じように慌てて慰《なぐさ》めに来ようとする真行寺の手を振り払う。

またそんなふうにごまかされてはたまらない。——そんなふうに真行寺を拒むことさえ、恭にとってはつらく苦しいのに。

「僕は、みんなのことが大好きです。婆ちゃんが退院するまでって約束でここの大家をかって出たけど、店子がみんなで良かったたって、毎日思ってます。僕は家事が得意ではないし、みんなには迷惑かけちゃったかもしれないけど……僕は、ここでみんなと暮らせて、毎日本当に幸せだと思ってます」

乃木が初めて表情を緩めてくれた時も、真行寺が初めて恭のご飯を食べてくれた時も、今日の千尋の晴れ姿も、全部恭には大切な宝物のようなのに。

恭は息を大きくしゃくりあげて、唇を噛んだ。

「だから、みんなが喧嘩するのは、すごく悲しいです。……そんなの、僕のわがままかもしれないけど」


皿洗いの途中で閉めた水道の蛇口から、水滴がひとつ、零れ落ちた。

その水音が響き渡るくらい、ことり荘は静まり返っていた。

楽しい時間はいつまでも続かない。そんなことはわかっていたけど、まさか今まで楽しいと思ってた毎日が、恭一人が感じてるものだったなんて思ってもみなかった。

「小島くん、君は誤解をしています」

絞り出すような声で、乃木が重い口を開いた。

真行寺と千尋が乃木を見る。恭は、乃木を仰ぐ気にはなれなかった。

「君は我々のことを大好きだと言ってくれましたが、私たちだってそれぞれ、君のことが大好きです」

「っ、乃木さん……！」

声を上げたのは、千尋だった。

その千尋を手で制して、乃木が短くため息を吐いた。

「潮時でしょう。こんなことで小島くんを悲しませるのは、本末転倒です」

乃木の言葉に真行寺が大きく深呼吸して、肩を落とした。どこか呆れているようでもある。

千尋はただ一人、複雑そうな表情を浮かべていた。

「我々の結んだ約束――協定について、お話ししましょう」

恭が視線を上げると、それを待っていたかのように乃木が言った。

いつもは朝食でしか四人揃うことのないテーブルを囲む、深夜二時。

明日も仕事がある乃木の睡眠時間を気にして恭がちらと乃木を窺うと、乃木は千尋が淹れた玄米茶を一口、啜《すす》った。

「話はすぐに済みます」

恭の視線を一瞥もしなかったのに、恭の懸念《けねん》を察しているかのように乃木は口を開いた。

「単純な話です」

真行寺は頬杖をついて、傍らの恭の顔を覗き込んでいる。

さっきまでは苛ついた顔を隠しもしなかったのに、今は少し恭の反応を面白がってさえいるようだ。

千尋は、大ぶりの湯呑みを両手で摑んだまま顔を伏せている。

恭は居住まいを正した。膝の上の掌にじっとりと汗をかく。

「……心の準備はよろしいですか？」

やはり恭の心中を覗き見でもしたかのように、乃木が勿体つけた。

もし、乃木の話を聞いて「それは約束を破った人が追い出されても仕方がないか」なんて納得してしまったらどうしよう、という不安はある。

でも、誰かがことり荘を出て行くのに充分な理由なんて、絶対にない。

恭は、睨みつけるように乃木を見てしっかりと肯いた。

「私たちは三人とも、小島くんのことが好きです」

乃木は眼鏡の奥の睫毛を伏せて、そっと言葉を置くように紡いだ。

真行寺を見遣ると、双眸を細めて微笑んでいる。千尋も、ただ肯くだけだ。

「えっと……僕も、みんなのことが大好きですけど」

「そういう意味じゃありません」

恭の返答は承知していたとばかり、即座に乃木が言葉を重ねる。

「さっき、君は私たちを家族のようだと言ってくださいましたが――そういう愛情ではない、恋愛対象、という意味です」

恭は目を瞬かせた。

頭が追いつかない。

「家族は家族でも、俺が言ったみたいに、お嫁さんとかそういう意味です」

千尋がテーブルに身を乗り出した。

「えっと、だから……僕は、男だよ？　お嫁さんには――」

混乱した恭がテーブルの上に手を出すと、その手を真行寺に握られた。

掌が熱い。真行寺の顔を見ると、恭だけに注がれた眼差しも、なんだかひどく熱っぽく感じる。

「同性でも、恋をすることはできるよ」

今まで男性に言い寄られたこともあると言っていた真行寺が言うと、説得力がある。

「そもそも僕は、人を好きになるなんて一生ないと思ってたからね。恭くんがいなかったら、きっと恋をすることはなかったと思う」

握った恭の手を両手で包み込んで、真行寺が顔を伏せる。

明るい髪が食堂の明かりをぼんやりと反射して、まるで天使が祈りでも捧げているように見えた。

ドギマギと、恭の心臓が強く脈打ち始めた。

「私はもともと男性しか愛せない性的指向です」

乃木が、顔を隠すように指先で眼鏡を押さえた。

「俺も、男とか女とか関係ないです！　恭さんが恭さんだから、好きなんです！　恭さんはお嫁さんにはなれないって言うけど、今は同性婚できるとこも結構あるし、それに、結婚できなくったって、俺は一生恭さんを幸せにしますか——」

「千尋、ストップ。お前すぐ暴走するんだから」

真行寺が恭の手を離すと、千尋の顔面を掌で押しのけた。赤い顔をした千尋が慌てて自分の口を塞ぐ。

「——……、」

恭は、言葉を失っていた。

なんて答えていいのか、わからない。混乱して、頭が真っ白になる。

「私たちは、それぞれ小島くんへの気持ちを抱えていることに気付くと約束を結びました。抜け駆け禁止――と」

「ぬ、……抜け駆け？」

久しぶりに――恭が黙り込んでいたのはたった数分かもしれないけど、ひどく長く感じた――声を上げると、声が裏返ってしまった。恥ずかしくなって恭が慌てて口を塞ぐと、千尋が顔をくしゃっと歪めて笑った。千尋の屈託《くったく》のない顔を見ていると、ほっとする。

「その約束を破ったら、ことり荘からは出て行ってもらう。それが、我々の決めた協定です」

淡々とした乃木の言葉に、恭の胸がまたチクリと痛んだ。

「僕はそんなの、ナンセンスだと思うんだけどね。みんなが仲良く黙ってようだなんて、おかしくない？　……まあ、だからって追い出されるのは勘弁だけど」

呆れたように真行寺がため息を吐く。

知らずのうちに視線を伏せていた恭を気遣うように、乃木が言葉を続けた。

「確かに、大家である君の気持ちを無視して追い出すだのと決めたことは、申し訳ないと思っています。でも……少なくとも私は、君が私の目の前で誰かのものになるなんて、見ていられません」

そう言った乃木が、切なげに表情を歪めた。

就寝前で乱れた前髪がその表情を隠してしまったけど、それでも恭の胸を締め付けるには充分すぎた。

乃木が本気で言っているということも、痛いくらい伝わってしまった。

こんな話をしているのに、思わず乃木の頭に手を伸ばして、慰めてあげたいと思ってしまう。そんなことをするのは無責任なのかもしれないけど、滅多に表情を変えない乃木が、そんなに思い詰めるなんて。

「もっとも、小島くんが私のものになればいいだけの話ですが」

「うわー、さすが乃木さん」

「乃木イズム……」

次の瞬間、すっと顔を上げた乃木の発言に真行寺と千尋が呆れた声を上げる。恭もうっかり頭を撫でなくて良かった、と思ってしまった。

しかしおかげで少し場が和《なご》んで、恭もぎこちないながら、笑えるようにはなった。

心臓はまだ跳ねるように高鳴っていて、混乱しているけど。

「まあ、冗談はさておき」

「冗談ではありません」

一瞬、真行寺と乃木が視線を交わした。喧嘩になるかと思いきや、真行寺はあっさり乃木から顔を背けて恭を見つめた。

「僕たちの気持ちを告白しちゃった以上、協定も何もないでしょ。……恭くん、僕たちの中の、誰を

選ぶ？」

「……え？」

ただでさえ困惑していたところに、急に問題をぶつけられて恭は椅子の上で竦み上がった。

どういうこと？

選ぶ？　三人のうちから？

恭がおろおろと三人を見回すと、真行寺はもちろん、乃木も千尋も、期待に満ちた眼差しで恭を見つめていた。

「誰の気持ちを受け入れるか、ということです」

念のためといったように乃木が付け加えた。

「え？　ちょっと、待っ……え、僕が？　三人のうちの誰かを選ぶ……って、そんな、急に言われても」

選ぶということが、そもそもどういう意味なのかもわからない。

でも、さすがの恭だって恋愛感情っていうものがどういうものなのか知らないわけじゃない。自分の数少ない経験を振り返ると、好きな子に振り向いてもらいたくて身を焦がした思い出が蘇《よみがえ》ってくる。

そういう感情を、この三人が。他でもない、自分に対して？

ようやく事態を呑み込めてきたとはいえ、結論なんて出せない。

「そんなの、急に言われても困るよね？」

視線を泳がせて全身に汗が噴き出してきた恭に、真行寺が助け舟を出してきた。

その優しい声音《こわね》にほっとして顔を向けると、思いのほか真行寺の顔がすぐ近くまで迫ってきていた。

「！」

「でも告った以上、僕はもうガマンしないからね。恭くん、大好きだよ」

花のような笑みを浮かべて真行寺は囁くと――恭の頬に、ちゅっと短く吸い付いた。

「ッ、真行寺さん！」

瞬間、ガタンと割れるような音を響かせて千尋が立ち上がる。

目を白黒させた恭の目の前を一陣の風がはしったかと思うと、千尋の腕が真行寺の胸ぐらを摑んでいた。

「っ千尋くん、喧嘩は禁止！」

恭は慌てて目の前の腕を押さえて真行寺と引き離すと、千尋を叱るように見遣った。

「だって、真行寺さんが……」

まさに叱られた子供のように眉尻を大きく下げた千尋が、泣きそうな声で反論する。

思わず気持ちが揺らぎそうになった恭を真行寺が後ろから抱き寄せた。

「恭くん、今日は一緒に寝られる？」

耳元で、体の芯が痺《しび》れるような囁き声が漏れると千尋がまた真行寺めがけて腕を伸ばしてきた。

真行寺も、絶対わざと千尋を怒らせようとしているとしか思えない。

「もーっ、二人ともいい加減にしなさい！」

恭が怒鳴り声を上げると、ふと、乃木が笑ったような気がした。気のせいかもしれない。

しかし恭が乃木を見ると、乃木も恭のことを見つめていた。

思わず、どきんと心臓が跳ねる。

「君が三人のうち誰かを選べば、喧嘩はなくなります。さあ、どうしますか？」

乃木の眼鏡のフレームが、キラリと煌めいた。

真行寺に摑みかかっていた千尋も、真行寺も恭の答えを待つようにこちらを向いているのがわかる。

恭は言葉に詰まって、ただうつむくしかなかった。

＊　＊　＊

その晩、恭は一睡もできなかった。

そもそも深夜の話し合いの後、どうやって自分の部屋まで戻ったのかの記憶もない。布団に入ってからも混乱するばかりで、目を閉じると浮かんでくるのは家族のように大好きな三人の店子の顔ばかりだ。

三人が喧嘩になるのは嫌だ。

でも、誰か一人を選ぶ？　どうやって？

布団の中で何度も寝返りを打っているうちに三時間が経過し、恭の目覚まし時計が容赦《ようしゃ》なく鳴り響いた。


台所の流し台には、洗い残したお皿と深夜に使った四人の湯呑みがそのままになっていた。

恭はそれを洗いながら、ぼうっとした頭でまだ、昨晩のことを考えていた。

もしかしたら、あれは悪い夢だったのかもしれない。昼間に乃木と真行寺の喧嘩なんて珍しいものを見てしまったから、夢に出てきてしまったとか。

だとしたら、三人が恭のことを恋愛対象として好きだなんて、ずいぶん自惚《うぬぼ》れた夢を見たものだ。

思わず、自分で自分を笑ってしまう。

恭は洗い物を終えると、エプロンの紐をきつく結び直した。

「よしっ！　とにかく朝ごはん朝ごはん！　シャケを焼くぞ〜シャケはどこだ〜どっこだ〜」

恭は千尋が起きてこないのをいいことに、お得意の自作曲を適当に歌いながら冷蔵庫を開いた。

今朝の献立は焼き鮭とお味噌汁と、ほうれん草のおひたし、玉子焼きだ。あんまり時間がないから
ボリューム少な目だけど（特に千尋には）、お味噌汁の具をじゃがいもとわかめにすることでなんと

かお昼まで保《も》ってもらうしかない。

「シャケは〜っけん！」

ちゃんと朝食用に用意しておいた切り身を手に取ると、恭は今度は、シャケを火にくべる歌を歌い出そうと大きく息を吸い込んで——

「おはようございます」

「っっ!!」

ガスコンロに振り返った恭の目の前には、乃木が立っていた。

「ゲホゴホッ、おは、おはようござ……っ」

歌い出す寸前に息を呑んだせいで恭が盛大にむせて胸を押さえると、乃木が背中をさすってくれた。

「大丈夫ですか」

「だ、だいじょ……ぶ、です、あの、ちょっとびっくりして……」

食道に空気が入ったのか、気管に唾が入ったのかわからないがひとしきりむせた後で恭が涙目で乃木を仰ぐと、乃木は昨晩と同じ寝間着で、いつもと同じように涼しい顔をしている。

「の、乃木さん……今日は早いですね」

緊張して、いつものように乃木を見ていられない。

恭は乃木の手を離れて、そそくさとキッチンに立った。乃木も恭を気にしたふうもなく、コーヒーメーカーに向かっていく。

「ええ、結局あまり眠れなくて」

ぎくり、と音をたてて恭の心臓が止まったような気がした。

思わず「はぁ」とよくわからない返事をしてしまう。

　シャケに塩を振って、ラップで包む。乃木はコーヒーメーカーに注水すると、機械ごと持ってテーブルへ戻ってしまった。

恭がじゃがいもを剝き出しても、乃木は別に何を言ってくるでもない。

やがてコーヒーの香りが漂ってくると、テーブルから新聞をめくる音が聞こえてきた。

「……、」

カウンター越しに乃木の様子を窺うと、少し寝乱れた髪を乱雑に下ろして、乃木は真剣な顔で新聞を読み耽《ふけ》っていた。

ただちょっと早起きしただけ、という感じだ。

――やっぱりもしかしたら、昨夜のことは夢だったのかもしれない。

あるいは恭が気にするほど、大した話じゃなかったとか。そんな冗談を言うような人たちだとは思えないけど。だからやっぱり、夢だったんだろう。

うん、と自分に言い聞かせるように小さく肯いて納得させると、恭はお味噌汁にじゃがいもを投入した。

「小島くん」

続いてわかめを入れようとまな板を構えた恭は乃木に呼びかけられて、顔を上げた。

乃木はいつの間にか新聞を読み終えて、小さく折りたたんでいる。

「部屋に、鍵をつけたほうがいいと思うのですが」

「え？」

ことり荘はトイレ以外に鍵がついていない。

学生が大勢住んでいた時は財布の盗難などを恐れて自主的に鍵をつける人もいたようだが、今は施錠する習慣がなかった。玄関に鍵がかかってるのだからいいだろう。

「君に想いを寄せている年頃の男とひとつ屋根の下に暮らしているんです。自衛しておくに越したことはありません」

「自衛って……」

昨夜のことは夢でもなんでもないと思い知らせるような乃木の鋭い口調に、恭はまな板の手を少し震わせた。乃木には見えてない。

「いつ寝込みを襲われるとも限りません。――昨日みたいなことがまたあったら、嫌でしょう？」

「っ！」

恭の頬がかっと熱くなった。

千尋の学園祭で、襲われかけたこと――そのことよりも、あんな気分の悪い人たちがことり荘の中にいるような言い方に、恭は少なからず反感を覚えた。

「僕は、みんなのことを信じてますから！」

思いがけず非難がましい声を上げた恭が乃木を睨みつけると、乃木は双眸を細めて恭を見つめていた。

「……っ」

むっとして反論した恭の勢いを削《そ》ぐような、苦しそうな表情。

乃木は以前からたびたび、こんな眼で恭を見つめていることがあった。切ないような、熱っぽいような……。

いつもはなんでも見透かしたような冷静な目をしているのに、時々その視線が揺れる。今まで恭はそれを見間違いかと思ってやり過ごしてきたけど、昨日の今日じゃ、話が違う。

恭は乃木の視線に耐えられなくなって、自分から顔を逸らした。

呼吸が止まるような視線だった。

あんなのまともに見つめ返したら、胸が焼け焦げてしまいそうだ。恭はエプロンの上から自分の胸をぎゅっと押さえた。

「……君が私たちを信じてくれるのは有難いことですが、鍵はつりさせてもらいます」

乃木はため息とともに椅子を立ち上がると、そのまま食堂を出て行こうとする。

「えっ？　ちょっと待っ……乃木さん、今からですか!?」

「せっかく早起きしたので。こういうことは早いほうがいい」

しれっとした顔で乃木は食堂を出て行こうとする。恭は慌ててキッチンから飛び出ると、乃木の腕を押さえた。

「ドライバーやネジは小島くんの部屋にあるものを使わせてください。鍵は、以前使用されていた部屋から拝借しました」

簡易的なものですが、と手の中の鍵を掲げて、乃木は恭が止めるのも構わず恭の部屋に向かっていく。

「ちょ、ちょっと……別に鍵とか、要りませんから」

鍵をつけても鍵をかけなければいいわけだし、鍵をかけたからって不都合があるわけじゃないけど。でもまるで三人のことを信じていないみたいで、気が引ける。

そんな恭の思いなどお構いなしに乃木は恭の部屋に「お邪魔します」と挨拶した後に上がり込むと、工具箱からてきぱきと必要な物を取り出す。

今まで乃木は台風が来るといっては窓を補強してくれたし、床が抜けそうだとなれば板張りを取り替えてくれたりもした。だから、工具箱の扱いは恭なんかよりずっと慣れている。

「乃木さん、」

恭の部屋の戸に屈み込んで鍵を設置する乃木の真剣な表情に恭がもう一度だけ声をかけると、乃木がふと、ドライバーを握った手を止めた。

「――……私が君を守りたいんです」

視線はドアノブに注がれたまま、うっかりすると聞き漏らしてしまいそうな小さい声で乃木が漏らした。

守るだなんて、ことり荘の中には悪い人なんていないのに。いくらでも言うことはあるのに、その切なげな声で、恭は言葉を失ってしまった。

乃木が作業を再開する。

鍵は本当に簡易的なもので、内側からのみ施錠できるようになっている。つまり、恭が室内にいる間だけ守られるようなものだ。

乃木が恭のことを心配しているのは、本当なんだろう。

「どうしてそんな――……俺なんか」

乃木だったらいくらでもいい相手がいるはずなのに。

乃木が男性しか愛せないなんて昨日初めて聞いたけど、それでも乃木ほど素敵だったらモテるだろう。

「さあ、どうしてかな。若い頃は私もそれなりに遊んできましたが、まさかこの年で恋をするなんて思ってませんでした」

器用にドライバーを操《あやつ》りながら、乃木が微かに笑った。

と同時に少し乃木の口調が砕けたような気がして、恭は嬉しくなった。

恋、だなんて改めて言われると緊張するかと思ったのに、妙に気恥ずかしくて顔は上げられないものの、嫌な気はしない。

初めて乃木が「鉄仮面」を外してくれたのはいつだっただろう。

恭がことり荘にやって来てからしばらくの間、慣れないことばかりで朝も晩も疲れきっていた。入院中のウメのもとに毎日通い、大家の仕事を大量にメモしてきては、それをこなしきれない自分に落ち込んでもいた。ウメに食事の献立を考えてもらってもひとつとして上手にできないし、掃除も洗濯も、時間内に完璧にできない。

千尋は大丈夫ですよと言ってくれたけど、真行寺は顔も合わせてくれないし、乃木は何を考えているかわからない。

さすがにウメの前で弱音を吐くことはできなかったけど、夕食の後、恭は自室で声を押し殺して泣いたりもした。

皺ひとつないスーツを着けて、有名企業に出勤していく乃木はいかにも仕事のデキる男という感じがした。それに比べて自分のなんてみっともないことだろう。

水っぽいご飯、焦げた玉子焼きと味気のない味噌汁だけが並んだ朝食を黙々と食べてくれる乃木を横目に恭が密かにため息を吐いた時、乃木がぽつりと言ってくれた。

「ひとつずつ、ゆっくりできるようになっていけばいいですよ」

自分はそんなに落ち込んだ表情を浮かべていただろうかと恥ずかしくなる反面、今まで無駄口ひとつ利かなかった乃木の言葉に、恭は救われたような気がした。

その翌日は、集中して味噌汁だけは美味しく作ろうと努力した。

何度も味見をしながら、美味しくできるように最後は念を込めて作った味噌汁を、朝食の席に着いた乃木に真っ先に出した。

恭が自信満々で乃木の反応を待っていると、味噌汁を一口啜った乃木は——その時初めて、笑ったんだった。


乃木にもっと近づきたい。もっと乃木のことを知って、仲良くなりたい。

初めて笑ってくれた時から、そう思っているような気がする。今日は初めて、丁寧語が少し崩れた。それだけで、すごく嬉しい。

気がつくと恭は乃木の傍らにしゃがみ込み、前のめりになって乃木の顔に見入っていた。

「……小島くんは、見ていて飽きませんね」

ふと、乃木の唇から息が漏れた。

いつもわずかに微笑む程度で恭を浮かれさせている乃木が笑い声をたてたのかと思うと、恭は目を瞠って、それから首をひねった。

「え、……どういうことですか？」

「そういうところですよ」

だから、どういうところだと尋ねる代わりに、恭は顔を顰めた。唇を尖らせて、心当たりを探る。わからない。

すると、乃木の肩が揺れた。

「ほら、また表情が変わった」

乃木がまた、笑った。それに、口調も砕けてる。

恭は胸いっぱいに嬉しさが突き上げてきて、また乃木に笑われると思いながらも口元が綻ぶのを止められない。

「乃木さんだって、いつもは冷静だけど、最近はよく笑ってくれるようになりました」

「私だって人間ですからね、笑いもすれば怒りもします」

新しくネジを取りながら乃木が言うと、昨日の真行寺に対する乃木の激昂《げっこう》を思い出して、恭の笑みが引きつった。

いつも冷静で優しい乃木が、まさか真行寺を殴るなんて思ってもみなかった。

「……」

返す言葉をなくして恭がうつむくと、その髪に乃木の指先が触れた。

毛先をかすめるように撫でただけで、すぐに離れてしまう。恭が顔を上げると、乃木は困ったような笑みを浮かべていた。

「それに、もし君に振られたら、泣いてしまうかもしれません」

「え、そんな。乃木さんが？」

乃木が泣いている姿なんて、想像できない。それも、自分が原因で。

乃木が笑ってくれるのは嬉しいけど、怒ったり、悲しむのは嫌だ。

恭は唇を噛んで、胸を押さえた。

「できました」

押し黙った恭の気をとりなすように、乃木がドライバーを置いた。

ドアノブの下についた、小さなスライド式の鍵。乃木は試しに扉を閉めると、位置を確認するように鍵を閉めた。

扉がきちんと閉まっているか確認する乃木にならって、恭もしゃがんでいた腰を上げる。

「あ、あの――……ありがとうございます」

使うかどうかは別として、乃木が心配してくれることに対して、恭は素直に頭を下げた。

その視界に、乃木の影が落ちた。

「どういたしまして。お礼は、――キスでいいですよ」

恭が顔を上げると、乃木の顔がすぐ近くにあった。恭の視界を覆うほど。

「え？」

「え、じゃない。私が、今まで君に親切で優しくしているとでも思ったんですか？」

乃木は双眸を細めて微笑むと、そっと眼鏡を外した。

乃木の眼鏡を外した顔を初めて見た嬉しさと、鍵のかかった部屋に乃木と二人きりで——体を寄せているというこの状況に、恭はどんな表情をすればいいのかわからず、混乱した。

「ち、違うんですか？　乃木さんっていつも優しいなあって思っ——」

言葉を遮るように、乃木の唇が近づいてくる。

恭が咄嗟に体を引こうとすると、腰に手を回された。

「っ、乃木さ……！」

声を上げようとした恭の唇を、乃木が塞いだ。

ちゅ、ちゅっと音をたてて、表面を何度も吸い上げられる。

「ン——……っふ、ぁ」

乃木の唇は、意外に熱く感じた。腰に回された腕も力強くて、いつも淡々としている乃木とは、まるで別人みたいだ。

恭が顎を引いて顔を逸らそうとすると、顎に手を添えられて仰向かされる。

「男が惚れた相手に優しくするんだから、下心があるに決まってるでしょう」

濡れた唇から直接言葉を吹き込まれるように低く囁かれると、恭は背筋にぞくぞくとした震えが走って、思わず目を閉じた。

「……君がここに越してきた時は、こんな子に大家が務まるものかと思っていました。すぐに音を上げてしまうだろうってね」

ほとんど吐息のような掠れた乃木の声がして、恭はおそるおそる瞼を開いた。

視線を伏せた乃木の顔は、窓から差し込んでくる朝日に淡く照らされている。その穏《おだ》やかな表情に、恭は見惚《みと》れた。

「でも、君は弱音ひとつ吐きませんでしたね」

「……口に出したら、止まらなくなるような気がして」

乃木の指先が、恭の頬をゆっくりと撫でた。そのまま包み込むように顔を抱かれて、恭は自然と乃木を仰いでいた。

もう一度、乃木の唇が恭をついばむ。

何故だかそれが恭を褒めてくれているような気がして、恭には逃げようという気がなくなっていた。

「君が、一人で泣いていたことは知っています」

この部屋で。

乃木が優しく言うと、恭はかあっと頬を熱くさせた。

大家業を頑張れば頑張るほど空回りしていくような気がして、声を殺して泣いていたのを乃木に悟られていたなんて。恥ずかしい。

「君はよく頑張っています。……でももっと、私たちを頼ってもいいいんですよ」

頬を包む乃木の掌に顔を擦り寄せるようにして、恭は小さく肯いた。

「乃木さんには、ずいぶん頼っていると思いますけど」

肯いた後で恭がちらりと乃木の顔を上目に見ると、乃木が目を瞬いた。それからゆっくりと――乃木が、意地悪な笑みを浮かべた。

「そうですか？　……では存分に、お礼を頂かないと」

「う、」

嵌《は》められた、と思った時には遅い。

仰向かされた顔にキスが落ちてきて、唇を交差させるように塞がれた。

恭の唇の表面を乃木の舌が這う。

「んぅ、……ふぁ、あ、っ……ん」

乃木の舌に促されるように恭が唇を開くと、乃木が顔の向きを変えて歯列を舐め上げてきた。

口内に、乃木の香りが流れ込んでくる。

恭が喉を上下させてそれを飲み下すと、乃木がそれを褒めるように笑って、一度唇を離した。

「今のは、鍵をつけてあげたぶんです。……それからこれは、この間の電球のぶん」

恭の背中が、鍵がついたばかりの扉に押し当てられる。

あっと声を上げそうになった瞬間、耳を乃木の唇が柔らかく食《は》んだ。

「ぁ、ちょ……っ乃木、さん、ダメ……っ！」

乃木の胸に腕をついて小さく首を振ると、どうしてだか、見えてもいないはずの乃木の唇が笑ったような気がした。

次の瞬間、ぬるりと濡れた舌が恭の耳に入り込んできた。

「あ、っ……!? や、ぁ、あっ……！」

びくびくっと無意識に恭の体が震える。

勝手に漏れる妙に裏返った声も、震える体も、恥ずかしくてしょうがない。顔を覆ってしまいたいのに乃木の腕が防いでしまって、できない。

「君は本当に可愛いですね」

耳朶を吸い上げた乃木が、妖しい響きを含んだ声で囁くとカリッと恭の耳殻《じかく》に歯を立てた。

ビクッと、ひときわ大きく恭の肩が跳ね上がる。

「か、可愛い、って……！」

顔に火でもついたのかと思うほど熱くなってくる。それを押し隠そうとして首を竦めると、それを遮るように乃木の唇が耳から、首筋を這い降りてきた。

「っぁ、乃木さ……っ、や……！」

同時に、顎に添えられた掌もゆっくり下降してきて、腰のあたりで止まると恭のエプロンの紐を解いた。

「あ、乃木さん、だめです、っ……こんな、」

抜け駆けしたら、ことり荘を出て行かなければならない。

その協定が昨晩までのものだとしても、でも、間もなく千尋だって起きてくるのに。

「あんまり可愛いと、虐《いじ》めてしまいますよ。――恭」

全身が熱っぽくなって頭がぼんやりとしてきた恭の肌を粟立《あわだ》てるような低い声で乃木が囁く。

「の、乃木さん……っ!?」

今、「恭」って。

潤んできた目を瞬かせて恭が乃木の顔を見下ろすと、乃木が妖しく微笑んだ。

「どうかしましたか？　そんな目で私を見つめて。キスでもしたいんですか？　それとも、もっと別のことですか？」

眼鏡を外して、前髪を下ろした乃木はまったく別人のように思える。

でも恭がよく知っている乃木に変わりはない。変わりはないけど、エプロンの紐を肩からずらし、服の上から体を撫でるようにしてエプロンを落としていくいやらしさは、恭の知らない乃木だ。

「恭。何がして欲しいのか、言ってごらん。難しいことは考えなくていいから、私に全てを任せて――」

乃木の吐息が近づいてくる。

まるで催眠術でもかけられているような気分になって、恭は薄く唇を開いた。

恭を扉に押し付けた乃木の体が、擦り寄ってくる。まるで、恭の言葉を促すように。

「乃木、さん……」

朦朧《もうろう》としながら恭がキスをねだろうとした、その時。

「あーっ、お味噌汁、煮立ってる！　恭さん、どこ行ったんですか？　恭さーん！　お味噌汁、沸騰してますよーっ！」

台所から、千尋の大きな声が響いてきた。

「！」

はっと我に返った恭が目の前の乃木の胸を押し返すと、思いのほかあっさりと乃木は退いてくれた。

思わず恭が乃木の顔を見上げてしまうほど。

「……私も出勤しなくてはいけませんからね」

ぽかんとした恭に仰がれた乃木は眼鏡をかけ直すと、いつもの冷静さを取り戻している。

「はぁ……そう、ですよね」

千尋が起きてきて邪魔をするところまで計算のうちだったのだろうか。

さっきまでの妖しい雰囲気など微塵《みじん》も感じさせない乃木の取りすました顔を見ていると、恭は乃木のことがますますわからなくなってきた。

「恭さんー？　トイレですか？」

部屋の外からは、千尋の声が続いている。

このままじゃ真行寺も起こしてしまいかねない。

恭は慌てて振り返ると、鍵を解いた。

「小島くん」

その手を、乃木の神経質そうな指先が掴む。

振り返ると、乃木の顔がすぐそばにあった。

「私は、君の答えをゆっくり待つつもりです。もともと、告げるつもりもない気持ちでしたから」

乃木の唇は、まだ濡れていた。

おそらく、恭の唇も濡れているんだろう。意識すると、恭は呼吸もままならないくらい胸が苦しくなった。

「しかし、私は本気です。……どうか、私の気持ちを弄《もてあそ》ぶようなことはしないで欲しい」

眼鏡の奥で視線を伏せた乃木は苦しげに吐き出すと、そっと恭の部屋の扉を押し開いた。

＊　＊　＊

気持ちを弄ぶようなことはしないで欲しい、と乃木は言った。

言われなくてももちろんそんなことをするつもりはないけど、いつかは結論を出さなければいけないということだ。

他の誰でもない、恭が。

三人のうちの、誰かを選ばなければ――……。


「恭」

高台にある病院の窓から臨む景色を眺めてぼんやりしていた恭を、凛《りん》とした声が呼んだ。

振り返ると、廊下の向こう側から杖をついてウメが歩いてくるのが見えた。

「婆ちゃん！」

慌てて駆け寄る。

以前来た時より、更に足腰がしっかりしてきてるようだ。歩調はあまり早くないけど、もう杖がなくても平気そうに見える。

「リハビリ行ってたの？」

恭が手を貸そうとすると、しっしっと手の甲で振り払われる。

恭は苦笑して、手を引っ込めた。

「もう十分退院して良さそうなもんだけどね。まだリハビリが必要なんだと」

「それは小島さんがリハビリのたびに良くなってる証拠ですよー」

近くを通りかかった看護師さんに言われて、ウメは満更でもない表情を浮かべた。

恭が待っていた談話室まで来ると、ウメはソファに座ろうともせず、そのまま自動販売機に向かった。

「恭、何にする？」

「えっ婆ちゃんいいよ、僕自分で……！」

慌てて止めようとすると、恭に杖を差し出して持ってろ、と言う。

ウメは入院前と変わらないシャンとした姿勢でポケットから友禅織《ゆうぜんおり》の小銭入れを取り出した。

「子供が遠慮するんじゃないよ」

相変わらずきっぷの良い調子で恭を急かすウメに促されて、恭はオレンジジュースのボタンを押した。

ウメは、ホットレモンティー。杖を恭に持たせたまま、ソファまで恭の飲み物まで運んでくれた。

「まったくもう、これじゃどっちが入院してるのかわからないよ」

預けられた杖をトントンと床について恭が苦笑すると、ウメもハハハと快活に笑った。

「恭はふにゃふにゃしてるからね」

「ふにゃふにゃって何！」

恭が身を乗り出すと、ウメはまた声を上げて笑う。

「ことり荘の様子はどうだい？　変わらんか」

白髪ながらも長く伸ばした髪を掻き上げて、ウメが目を細めた。

ウメにとっては、ことり荘の店子も恭と同じ、孫のようなものだ。

土日はことり荘を卒業した昔の店子たちがかわるがわる見舞いに来ているようだけど、平日に来れるのは恭くらいのものだ。

連絡がないくらいのほうが安心だ、とウメは笑う。

「うーん、庭の梅がだいぶ枝張ってきたから、そろそろ剪定師《せんていし》さん呼ばないと」

そうか、と言ってウメはレモンティーを一口飲んだ。

その間も視線が、ずっと恭に注がれている。

「？」

「いや、お前もだいぶ大家が板についてきたのかと思ってね」

ふふ、とウメは肩を揺らして、どこか嬉しそうに笑った。

「どうかなあ」

確かに半年前と比べれば、慣れてきたとは思う。

毎日を楽しむ余裕が出てきたし、イレギュラーなことにだって対応できる自信がある。大家としてきちんとしているかといわれると、ちょっと微妙だけど、ウメに質問することも少なくなってきた。

「あ、この間千尋くんの学園祭に行ったよ。乃木さんと真行寺さんも一緒に」

写真見る？　と恭が携帯電話を取り出すと、ウメが体を寄せてくる。

メイド服姿の千尋と、恭、乃木、真行寺の四人が入った写真を見せると、ウメが「なんだこりゃあ」と気の抜けた声を上げた。

でも次の写真、次の写真とアルバムを繰《く》っていく。

「千尋くん、すごくいい子だよね。千尋くんがいなかったら、婆ちゃんの代わりなんて諦めてたかも」

給仕しているメイド服姿の千尋の写真を改めて見ていると、つくづくそう思う。

今だって千尋が手伝ってくれなかったら食事の準備は大変だ。

「店子に手伝ってもらうなんて、どうなのって感じだけど」

「そんなこたない。私も千尋にはよく手伝ってもらってたよ」

久しぶりに見る店子の姿に目尻の皺を深めたウメが、千尋ばっかり撮ろうとする恭のカメラの前に立ち塞がった真行寺の写真から顔を上げた。

「冬生《とうい》は困ってないか？」

冬生、というのは真行寺の名前だ。

ウメに名前で呼ばれると真行寺は子供のような無防備な顔で笑う。恭が初めてそれを目の当たりにした時はびっくりしたものだった。

真行寺はウメに心を許しているんだなあと思って、なんだか寂しくなったりもした。

今なら、真行寺は恭にも心を開いてくれている、――と思っているけど。

「うん、今のところ大丈夫みたい。真行寺さんのファンの人も、まさかあんなところに住んでるとは思わないんじゃない？」

「ああ、あの家は古いからね。手入れを怠《おこた》るんじゃないよ」

ウメは自分の代限りでことり荘を終えてしまってもいいと思ってるのだろうか。

だから、手入れしながらでもリフォームを入れないのかもしれない。

恭は胸を刺す不安を押し隠すように、大きく肯いた。

「うん、大丈夫。修繕には乃木さんも手を貸してくれるし……」

言った瞬間、ドライバーを手にした乃木の姿が恭の脳裏を過《よ》ぎった。

早朝のほの明るい恭の部屋で感じた、乃木の息づかいまで鮮明に思い出される。

やばいと思った時にはもう、恭は顔が熱くなってきていた。慌てて顔を伏せる。

「誠人《まこと》はあの調子だから人に誤解されやすいけど、本当は心根の優しい、いい子なんだよ」

誠人、は乃木の名前だ。

乃木はウメの前でも表情を崩さなかったけど、――恭の前では、違った。

「……うん、知ってるよ」

あの時、乃木は下心だなんて言ったけど、鍵をつけてくれたのは乃木の優しさだ。

鍵をつければ、乃木自身だって寝込みを襲いに来れないんだし。

「……」

いや、乃木のことだから自分だけ開け方を知ってるという可能性もあるか。

恭がうつむいたまま考え込んでいると、ウメがまたレモンティーをあおるように飲んだ。リハビリの後で、喉が渇いているのかもしれない。

「冬生も他人を遠ざけてばかりいるけど、本当は人一倍さみしがりやだし」

「うん……」

それも知ってる。

恭がウメの代わりに来た時、真行寺はすごく傷ついて、心細かったんだろう。あの時の恭にはそんなことがわからなかったけど、今はわかる。

たった半年しか一緒に暮らしていないけど、真行寺のことも乃木のことも千尋も、たくさん見てきたから。

——その三人のうちの誰かを選ばなきゃいけないなんてウメが知ったら、どんなふうに思うんだろう。

もし恭が誰かを選んだら、残りの二人はどうなってしまうんだろう。

乃木は泣いてしまうかもしれないと言っていた。それは冗談としても、ことり荘を出て行ってしまう可能性はある。

嫌な想像に胸中で首を振ると、恭は傍らのウメを見た。

「ばあちゃん、早くことり荘に帰ってきてね」

そう言うことしか、今の恭にはできなかった。

帰り道、夕飯の買い物客で商店街は賑わっていた。

大家が板についてきたなんて言われたせいでウメに今日の献立の相談をしそこねてしまったけど、帰り際、ナースステーションで見た献立表が恭の目に飛び込んできた。

今日は、豚のしょうが焼き。決まりだ。

ウメが内科系の病気で入院したんじゃなくて良かったと思いながら、恭は精肉店に向かった。

「恭くん、いらっしゃい！」

「こんにちは。えーっと、豚バラロースを四百……いや、うーん……五百……」

あまり夕飯を食べすぎてもいけないけど、千尋は肉料理をたくさん食べるから、三人で四百グラムは少ないかもしれない。野菜で水増しするとしても……。

恭が精肉店の前で苦悩していると、

「あ、恭さん」

タイミング良く声をかけてきたのは他でもない、千尋だった。

スポーツバッグを肩にかけて、肉まんを手にしている。

「あ、千尋くん夕飯前に買い食いして」

振り向いた恭が大袈裟に眉を顰めてみせると、千尋が慌てた表情で肉まんを背後に隠そうとする。

既に半分以上食べた後だし、小学生でもあるまいしそんなことを咎《とが》めることもないのだけど。

「じゃ、いいや。おじさん、豚バラ四百グラムお願いします」

背伸びした恭がカウンターの中に呼びかけると、「はいよー」と呑気な声が返ってきた。

「え、今肉減らした？　減らしました？」

肉まんのせい？　と泣きそうな顔で千尋が駆け寄ってきて、背後に隠した食べかけの肉まんを、恭の口に放り込もうとする。

「これで恭さんも同罪！」

恭に肉まんを押し付けた千尋は、無邪気な笑みを浮かべる。

「別に罪じゃないけど……」

仕方なく肉まんを頬張りながら、恭は千尋を見上げて苦笑した。

「今日サッカーの実習があって、すげー腹減っちゃったんですもん。これは夕飯までの、繋ぎです。恭さんの作ってくれる夕飯はもちろん、残さず食べますよ？　……あ、肉、俺持ちますね」

恭が支払いをしている間に出てきた包みを、千尋が慣れた手つきで買い物袋に入れて持ってくれる。

「千尋くんはいつもえらいわねえ。うちの息子に欲しいくらい！」

精肉店のおばさんが頬に手をあててしみじみとぼやいた。

「あはは、千尋くんはこの商店街じゃ有名人だね。息子にしたいナンバーワンかも」

たくましい体でなんでも持ってくれるし、家事だって手伝ってくれる。ウメも自慢の店子にしていたみたいだった。

恭が笑って千尋の顔を覗き込むと、予想に反して千尋は拗ねたような表情を浮かべていた。

「千尋くん？」

いつもなら「ホントですか？」と喜んでくれるのに。

「俺は、息子じゃなくて理想の夫になりたいですけど」

子供っぽく唇を尖らせた千尋が、ぽつりと言う。

「……っ！」

幸い、恭以外には聞こえていなかったようだけど、それはそれで問題だ。千尋は恭だけに聞こえていればいいと思ったんだろう。

お嫁さんにしたいだなんて、冗談じゃなかったのか……。

上気する顔を伏せて、恭は千尋の後をついて精肉店を離れた。


「恭さん、炊飯器スイッチ入れていいですか？」

「あ、うん。お願い」

今日も真行寺は朝まで帰ってこないし、乃木が帰宅して、入浴を済ませた頃に炊き上がるようにセットする。

このタイミングを教えてくれたのは他でもない、千尋だった。

ことり荘の厨房《ちゅうぼう》に関しては、ウメの手伝いをしていた千尋のほうが恭より詳しいんだから、もう少し偉そうにしてもいいいようなものなのに。

「ふふ」

恭は決して驕《おご》らない弟体質の千尋に、思わず笑みが零れた。

「？　なんですか、恭さん。今、俺のこと笑いました？」

千尋がすぐに恭の笑い声に反応して、恭の顔を覗き込んでくる。

大きななりをして、何かあると必ず恭のもとへ駆け寄ってきては顔を覗き込む仕草が、まるで大型犬だ。

恭はサラダを作っている手を止めて、千尋の頭を撫でた。

「ううん。千尋くんがいてくれて、いつも助かってるなあって。ありがとね」

恭が首を傾けて微笑むと、千尋も照れくさそうに笑った。

「恭さん、俺サラダやりますよ。お肉漬け込まなきゃでしょ」

千尋が緩く手を広げて、恭からボウルを催促する。

「じゃあ、お願い」

阿吽《あうん》の呼吸とでもいうのだろうか。

恭は千尋にサラダを任せながら、気持ちが凪《な》いでいくのを感じていた。

突然お嫁さんだなどと言い出したのには驚かされたけど、そうでなくても千尋が恭に好意を寄せてくれていることはずっとわかっていた。

もっとも、その「好意」が恋愛のたぐいだということには気付きもしなかったけど。

いつから千尋がそんな気持ちでいたのかはわからないけど、恭にそれを伝えたからって千尋の中では何も変わらないんだろう。

今まで通り接してくれる千尋の存在が、恭にはありがたかった。

「恭さん、トマトどうやって切ります？」

半分に切ったトマトを掌に載せて、千尋が尋ねた。

そんなに小さなトマトではなかったはずなのに——少なくとも恭の拳よりは大きかった——千尋の掌に載せるとすごく小さく見える。

「くし形に、八等分かな」

「はい」

千尋は包丁を器用に操って、トマトを切っていく。

背中を丸めて真剣にまな板に向かっている姿は、見ていて微笑ましい。

千尋が言う通り、千尋と結婚する人は幸せなのかもしれない。こんなふうに、この先ずっと毎日いっしょに食事を作っていけたら——……

「っ、」

恭は今自分が心地いいと思っている状況がまさに「お嫁さん」だということに気付いて、心臓が止まりそうになった。

いや、でも結婚するっていうのは一緒に暮らすというだけのことじゃないし、と胸中で自分に言い訳をしながら、にんにくの薄皮を乱暴に剝く。

「恭さん？」

小さく首を左右に振って一人で思い直している恭を、千尋が怪訝そうに窺う。

そもそも結婚っていうのはその人と一生添い遂げるということだし、ひとつの新しい家族を築くってことだ。だから、一緒に生活するというだけではなくて——子供を儲《もう》けたり、そうじゃなくてもそれに伴う愛の確認、を……。

「う、うわ……っ」

ぶわっと一瞬、千尋の裸体が恭の脳裏を埋め尽くした。

瞬間、慌てた恭の包丁がにんにくを押さえていた左手の指先をかすめる。

「恭さん！」

指を切ってしまったことに恭が気付くより早く、千尋が恭の手を摑んだ。

痛みより先に千尋の声に驚いて目を瞠った恭の目の前で、血を滲《にじ》ませた恭の指先が、千尋の唇に吸い込まれていく。

「——！」

傷ついた指先よりも、千尋の口内よりも、恭の顔が烈火のごとく熱くなった。

千尋は必死なんだろう、乱暴に恭の手首を握りしめて、いつも見るような屈託のない子供のような表情じゃなくて、凛々しい顔をして恭の指先を吸い上げる。

「ち、——……千尋くん、っ」

指先に千尋の舌が触れると、たまらずに恭は肩を窄めてわずかに腕を引いた。

意識しすぎかもしれない。

千尋と、愛の営みを、なんてあらぬ想像が頭を過ぎった直後のことだったから——。

「……、あ、ご、……っごめんなさい、すいません、っ俺、必死で、つい」

ワンテンポ遅れて我に返った千尋が、弾かれたように恭の手を離すと、真っ赤になって飛び退いた。

そこまで離れなくてもいいのに、と口に出しそうになって、恭は慌てて口を噤む。

それじゃ、まるで千尋にそばにいて欲しがってるみたいだ。

別にそれも間違いではないけど。なんだか難しい。

恭は濡れて急激に冷えていく指先を見下ろしながら、これが「選ぶ」ということなんだろうかと考えた。

千尋にそばにいて欲しいと素直な言葉を伝えることが、恭の「答え」になってしまうのだとしたら、千尋を可愛いと思って、一緒にいたいと思う気持ちはどうしたらいいんだろう。

答えではないけど、千尋とは一緒にいたい。もし千尋の都合さえ合うなら、大学を出てからもことり荘で暮らして欲しい。

でも、そんなの乃木に対しても、真行寺に対しても一緒だ。それを言えば、乃木の気持ちを弄ぶことになるのだろうか。

「――……俺、人をこんなに好きになったのは初めてなんです」

しばらく押し黙っていた千尋が、ぽつりと言った。

恭が顔を上げると、千尋はもう赤くなっていない。どこか気恥ずかしそうに視線を伏せているだけだった。

「俺って、ほら……恭さんは知ってると思いますけど、すげー寂しがりだから、昔から友達は多かったし、彼女もまあ、いましたけど、なんかどっかでセーブかけてたんですよね。人間は、結局一人なんだしって思ってて」

意外だった。

千尋はいつも笑顔で人懐こいから、周りに人が絶えたことなんてないだろうと思ってたし、事実そうだろう。

その千尋が孤独を感じてるなんて、思ってみたこともなかった。

「俺んち、両親が離婚してるんですよね。俺が、えーと小学四年の時に。……それまで全然気付かなかったけど、ある日学校から帰ったらかーちゃんがいなくて。夜になっても、次の日になっても、帰ってこなかった」

足元をふらつかせるように後退した千尋が、冷蔵庫に背中を押し当てた。うつむいて唇に笑みを浮かべたままの千尋が小学四年生の子供に見えて、気が付くと恭のほうから千尋に駆け寄っていた。

大きな千尋の頭に腕を伸ばして、胸の高さまで抱き寄せる。

千尋の手が、恭の背中に弱くしがみついた。

「父親に聞いても、行方は知らないって言うし。ああ俺は捨てられたのかあって思って。……だから彼女ができたりしても、いつか突然いなくなっても悲しくならないように、どっかで歯止めをかけてたんです」

恭の胸に顔を埋めた千尋が、くぐもった声でぽつりぽつりと話す。

千尋は努めてなんでもないことのようなふりをしているけど、いつもより声が沈んでいて、恭は千尋の頭を抱く腕に力を込めた。

「だから恭さんを好きになって、……最初は、ラッキー、って思ったんですよね」

「ラッキー？」

思いがけない言葉に、恭は腕の中の千尋を覗き込んだ。

ふにゃっと千尋が情けない顔で笑う。

「恭さんは男だから、どんなに俺が好きになっても、どうせ成就《じょうじゅ》なんてしないから」

「――……っ」

笑った千尋の言葉に、胸を貫かれたような痛みを覚えて恭は千尋をぎゅうっと力の限り抱きしめた。

「イタタ、痛い、痛いって、恭さん」

降参降参、と千尋がいつものじゃれ合う調子で恭の背中をタップする。

でも、恭はその腕を緩めることはできなかった。

恭のほうが、泣きそうだったから。

「……だから、ちょっと油断したのかもしれないなあ……」

恭の腕の強さに諦めて脱力した千尋が、苦笑交じりにつぶやいた。

「油断？」

恭が聞き返すと、その隙をついたように千尋が顔を上げる。

間近で恭を仰いだ千尋の顔は、はにかむように笑っていた。いつもの、無垢《むく》な子供みたいに。

「うん。油断して、好きになりすぎちゃいました」

「……！」

そんな無邪気な顔でそんなこと言われたら、照れくさいやら泣きそうやらで、千尋の顔を見ていられない。

慌てて千尋から腕を解いた恭がそっぽを向くと、千尋は「あれ」と言って恭の顔を覗き込もうとして――止めた。

恭が鼻を啜ったのに気付いたからかもしれない。

こういうのを察して見ないふりをしてくれるところも、千尋は優しくて、本当は恭なんかよりずっと、大人だ。

「恭さん、俺、救急箱持ってきますね」

恭の頭をくしゃっと撫でてから、千尋は踵を返して台所を出て行った。

指先の怪我なんて、たいしたことないのに。

救急箱なんていいからここにいてもいいんだよと言うこともできずに、恭はそのまま台所に立ち尽くしていた。

＊　＊　＊

恭は悩んでいた。

目の前に広げた出納《すいとう》帳の計算が合わないからじゃない。

乃木の真剣な眼差しも、千尋の健気《けなげ》な笑顔も、目の前にチカチカと点滅するように浮かんできて、恭の胸を締め付ける。

乃木の言葉通り、あれきり誰も恭の答えを急かそうとはしない。

本当に、誰も協定のことを恭に話す気はなかったようだ。誰の抜け駆けも禁止するってことは、他人も成就しない代わりに、自分の想いを遂げることもないってことだ。

みんなそれでいいと思って、ずっとことり荘で過ごしていたのか。

知らなかったのは恭だけで、三人は自分の気持ちを押し殺してきたのか。一体いつから？　そしていつまで、そうするつもりだったんだろう。

恭が三人の気持ちを知った今でも、恭がいつ答えを出すとも知れないのに。

「……はぁ」

恭は手に持っていたペンを落として、深くため息を吐いた。

みんなで仲良く暮らしていけると思ってた。

いつかはウメが復帰してくれると期待してたけど、その日を想像すると寂しい気もしてた。

どこかで千尋や真行寺に、ウメよりも恭のほうがいいと言わせたい、醜い嫉妬心まであった。

ウメのことは大好きだ。でも、それ以上にみんなのことを好きになっていたから。

——恭くん、僕たちの中の、誰を選ぶ？

「そんなこと突然言われても、わかんないよ……」

ペンを手放した掌で、顔を覆うようにしてうつむく。

恭は今のままでいい。今のままがいい。

だけど、それじゃいけないこともわかってる。

みんなの気持ちを知ってしまった以上、恭の希望を押し付けることなんてできない。

今までみんなが自分の気持ちを押し殺してきたんだってことを知ってしまったら。恭だけが何も知らないできたなら、恭が今、思い悩むのだって当然だ。

誰の気持ちも傷つけたくない。

そんなこと、乃木に言われるまでもなく、恭の望みだ。

でも、そんなことできるんだろうか？

もし恭が誰かを選べば、他の二人は多少なりとも傷つくかもしれない。

本当かどうかはわからないけどあの乃木が泣くかもしれないと言ってるんだし、千尋のつらい顔なんて想像しただけで、胸が張り裂けそうだ。

「僕が、みんなに嫌われるとか……」

恭はテーブルに突っ伏してひとりごちると、それが一番いいような気もした。

でもわがままなもので、二人から冷たい態度を取られる未来を想像すると、それも胸が塞いでしまう。

特に、せっかく仲良くなれた真行寺ともとの関係に戻ってしまったら、恭のほうが耐えられなくなってことり荘を出て行きたくなるかもしれない。

その時、恭の背後でカタンと硬い物音がした。

「！」

慌てて上体を起こした恭が振り返ると、そこにはいつの間にか真行寺が帰宅していた。

玄関が開いたことにも気付かなかった。

「すいません、ちょっと考え事してて……。お帰りなさい。早かったですね」

恭が慌てて椅子から立ち上がろうとすると、真行寺が恭のもとまで歩み寄ってきた。座ってて、というように掌で制されて、椅子の上から真行寺を仰ぐ。

「……泣いてた？」

夜の静けさに磨《みが》かれた真行寺の顔はいつも以上に人形のようで、透き通った眸はまるでガラス球のようだった。

「まさか、ちょっと目が疲れてるだけですよ」

苦笑を浮かべた恭が目を擦《こす》ると、その頭の上に真行寺の冷たい掌が伏せられた。

ゆっくりとした動きで恭の髪を何度も撫でている間、真行寺は黙っていた。

恭もうつむいたまま、何も言えなかった。

ずっと一緒にいたい。みんなと。

でも、その気持ちが恭に向けられたものと同じなのか、それとも違うのかは、恭にはわからない。

恭だって、真行寺に元気がなければこうして一晩中だって頭を撫でていてあげたいと思う。その気持ちは、違うものなんだろうか。

誰か一人を選んだら、他の二人とは一緒にいられないんだろうか。

それなら、答えなんて一生出せない。

「……僕たちは、恭くんに無理をさせてしまっているかな」

やがて真行寺が小さな声でつぶやくと、傍らの椅子を引き寄せて、恭の隣に腰をトろした。

恭の肩にそっと手をかけて、向かい合うように恭を座らせる。それでも恭はうつむいたままでいた。

泣きそうになってくる。

真行寺が、膝の上に無造作に投げ出した恭の手を両手で握った。

「ねえ、恭くん。恭くんがここに来た頃のこと、覚えてる？」

不意に真行寺が小さく笑うので、恭は思わず顔を上げた。

真行寺が明るい髪を揺らして、首を傾けた。

「僕、あんなにすごい剣幕で怒られたのは生まれて初めてだったんだよ」

眉尻を下げ、苦い表情を浮かべる真行寺に恭は思わず噴き出してしまった。

「ごめんなさい、……僕も必死だったんですよ」

恭が小さく頭を下げると、真行寺がまた恭の頭を揺らすように撫でた。


ウメの代わりにことり荘にやってきた恭のことを、真行寺は決して認めようとはしなかった。

まるでそこに存在しないかのように無視したし、自分のものに触れることを一切禁じた。

おかげで恭は真行寺について、千尋から情報を得ることしかできないままだった。

でもストーカー被害に遭《あ》って引っ越してきた、極度の人間不信と言われれば不躾に踏み入るわけにもいかない。

いつかは心を開いてくれるかも知れないし、開いてくれないとしても、仕方がない。

ウメは、ことり荘を店子にとって東京の自宅にしてもらいたいと言っていた。恭が無理に気を使わせて寛げなくさせるくらいなら、真行寺に対しては存在を消しているほうがいいのかもしれないと思った。

幸い、真行寺は乃木や千尋と生活リズムが違うから、顔を合わせる機会は最小限で済んだ。

それでも、いつ真行寺がお腹をすかせてもいいように——ひどい出来栄えではあったけど——食事はいつも一食分、多く作っていた。

家の中で一言も喋《しゃべ》らず、にこりともしない真行寺はまるで動く人形としか言いようがなかった。

その美しさに心奪われてうっかり見惚れてしまうことがないように、恭は必死に真行寺のことを無視し続けた。

そんな毎日が一ヶ月も続いた頃——。

「あああああああああっ！」

風呂場から聞こえた、悲鳴のような声。

「千尋くん、どうしたの!?」

千尋だ、と即時に悟った恭が慌てて駆けつけると、すらりとしたしなやかな体軀の、真行寺が立っていた。

手には、まだらに赤く染まったティーシャツが握られている。

恭が意識的に真行寺から視線を逸らして千尋に転じると、千尋は床に崩れ落ちるようにしている。ほとんど、半泣き状態だ。

「……ど、どうしたの。千尋くん」

いつもは恭の姿を見るなりすっと音もなく立ち去る真行寺がまだそこに立っていることに緊張しながら恭が尋ねると、千尋が真行寺の持っているティーシャツをさす。

「俺のユニフォーム……！」

確かに、ティーシャツには背番号がプリントされているようだった。しかし、その生地には斬新なタッチで赤色が入っている。

真行寺の背後には洗濯機。

どうやら、色移りしてしまったようだ。

「なんだよ、謝っただろ。こんなのただのミスだ。わざとやったわけじゃない」

その時初めて、恭は真行寺の声を聞いた。

少し高くて、鈴を鳴らすような声だ。表情は相変わらず冷たかったけど、本当に人間だったんだ、と本気で思ったことを恭は今でも鮮明に覚えている。

「あし、明日体育祭なのに……！」

千尋は本当に泣き出しそうだ。パニックに陥っているのかもしれない。

恭はうろたえながら、千尋の傍らに膝をついて、落ち着かせるために肩を撫でた。

「代わりのユニフォームはないの？」

千尋が力なく首を左右に振る。

時間は夜の七時を回ろうとしていた。今からじゃ同じものを発注することもできないだろう。そもそもチームで揃えたものを、一枚だけ追加できるのかどうかもわからない。

他のもので代用できないだろうかと恭が真行寺の手元に視線を向けると、それに気付いた真行寺がティーシャツを放り投げた。

バサッと音をたてて、まだ濡れたままのティーシャツが床に落ちる。

「……！」

千尋が、真行寺を仰いだ。

しかし恭はそれよりも早く、その場を立ち上がっていた。

「謝ってください！」

高いところにある真行寺の顔を真正面から見つめると、圧倒されるほどの美貌《びぼう》としか言いようがなかった。

肌は滑《なめ》らかで、睫毛も長い。日本人だなんて信じられないくらい彫りが深いのに、濃さを感じさせない。きっと笑ったら眩暈《めまい》を起こしそうなくらい甘い顔立ちなのにその表情は冷えきっていた。

「――……、」

ふいと、真行寺が顔を背ける。

恭のことは見えていない。大家だなんて認めていないから。そう言いたげだった。

恭は、咄嗟にその場を立ち去ろうとする真行寺の腕を掴んでいた。

「千尋くんに謝りなさい」

振り返った真行寺の眉間が、小さく震えたように見えた。

最小限の動きで恭の腕を振り払ってから、真行寺が薄く口を開いた。

「謝ったよ。アンタには関係ない」

「ユニフォームを投げ捨てたことも謝ってください」

恭は、冷酷な真行寺の視線に負けないように必死でその顔を睨みつけた。

真行寺が恭のことを大家と認めないのは仕方がない。大家と言われるだけの仕事もできてない。真行寺の信頼を得られるまでは、真行寺のペースに任せるつもりだった。

でも、千尋のことを傷つけるのは違う。

どの店子も、喧嘩なんてして欲しくない。ことり荘の中では誰一人として、嫌な気持ちを燻《くす》ぶらせて欲しくない。

恭は、真行寺の腕をもう一度掴んだ。

「離せよ。僕が他人に触られるの大嫌いなの、知らないの？」

「知ってます！　触られたくないなら、千尋くんとしっかり話し合ってください」

恭は必死だった。

もしかしたらこのことで、真行寺はことり荘を出て行くかもしれない。

ウメが帰ってくるまでのわずかな期間に店子を一人減らしてしまうなんて、ウメに合わせる顔がない。

「恭さん、も、もういいです……」

「話し合ってそれがもとに戻るの？　そんなことしてる暇あったら漂白剤にでも浸《つ》けておきなよ」

呆れたように息を吐いて、真行寺が恭の手を自分の腕からむしり取った。棒切れのように細い腕からは想像もできないくらい、強い力だった。

でも、恭は外された手でもう一度真行寺の腕を摑んだ。

「しつこいな！」

「漂白剤に浸けるなら真行寺さんが浸けるべきです！」

ビリっと風呂場のガラス戸が震えた。

恭の背後で、千尋が絶句している気配がする。目の前の真行寺の表情は、見る間に嫌悪の表情に変わっていった。

「僕、アンタみたいな人だいっ嫌いなんだけど！」

「嫌いで結構です！　早く漂白剤に浸けてください！」

何事かと乃木が階段を降りてくる。

恭は肩で息をしながら、既に自分が意地になっていることに気付いていた。気付いていたけど、もう引き返せない。ここで真行寺の腕を離せば、真行寺はもう二度とことり荘に帰ってこない気がしていた。

「僕はアンタのことを大家とも認めてなければ、同じ空気を吸ってるのも嫌なんだよ。ウメ婆ちゃんが帰ってくるまで、我慢してやってるだけだ。アンタだってそんなことわかってるんでしょ？　なんで黙ってらんないんだよ」

黙ってるつもりだった。

真行寺がウメのことを自分の祖母のように大好きなことも知ってるし、できればここに滞在させてあげたいと思う。して欲しいと思う。

「……真行寺さんが、わからずやだからです」

「は？　僕が？　あーじゃあ漂白剤でもなんでも浸けてあげるよ。それでいいんだろ。……その代わり、もうここにはいられない。出て行くからね」

離せよ、と言って真行寺がまた恭の腕を振り払おうとした。

恭は真行寺の骨に指先があたる感触を覚えながらも、ぐっと手に力を込める。

「嫌です」

うつむいて、低く、唸るように言葉を絞り出した。

「は？」

「……真行寺さんが出て行くのは、僕は、嫌です」

今度は真行寺の顔を仰いで、真っ直ぐ見据える。

「嫌ですって言っても、僕もアンタみたいなのとは一緒に暮らせないよ。出て行くのは自由だろ」

「じゃあ僕が嫌だって言うのも自由じゃないですか」

恭さん、と背後で千尋が恭を止めようとしている声が聞こえる。でももう、止まらない。

恭が子供の頃に過ごしたことり荘は、店子がみんな兄弟のように仲が良くて、毎日が修学旅行のようだった。

恭はウメのように至れり尽くせりの家事なんてできない。それなのに、店子の楽しささえも守れないんじゃや、そんなの、嫌だ。

「僕は真行寺さんにことり荘を居心地のいい家だって思ってもらいたい。今までみたいにいつでも出て行けるような、仮の住まいだなんて思ってもらいたくない」

真行寺が盛大にため息を吐いた。

恭の言っていることは、理想の押し付けかもしれない。でも。

恭は、大きく息を吸い込んだ。

「僕は真行寺さんと、仲良くなりたいんです！」

「それが迷惑だって言ってるんだよ！」

ひときわ強く腕を振り払われて、恭の手が真行寺から離れた。

真行寺は嫌悪に顔を歪めて、恭を見下ろしていた。

「あのさあ、どうして僕が人間嫌いなのかわかってるの？　僕はこの見た目のせいで、勝手に好きだの嫌いだのと言われ続けてきたんだよ。小さい頃はよく虐められたりもしたし、思春期を過ぎてからは僕のことなんかよくも知らないで好きだと言われ続けた」

恭に掴まれていた部分が痛むのか、真行寺は腕をさすりながら、整った顔を押し隠すように深くうつむいた。

「僕は誰の言うことも信じられない。どうせ誰も僕のことなんて信じてないだろうしね。僕のことを中身のない人形か何かだと思ってるんだろ」

「思ってませんよ！」

見た目は本当に、人形のようだ。

でもそれは他人を信じない真行寺の中身が空虚《くうきょ》だから、そう見えるだけだ。

喋れば人間だってわかるし、こうして怒りの表情でも浮かべてくれたら、少なくとも恭にはもう人形だなんて思えない。

「アンタの言うことだって信用できない！」

「僕は真行寺さんのことなんて好きでも嫌いでもありません！」

恭が怒鳴りつけるように大声で吐き捨てると、真行寺が面食らったように目を丸くした。

千尋も乃木も、「えっ」という声を飲み込んで、目を瞬かせている。

恭は静まり返った三人の様子に気付くと、ようやく自分が口走ったことにじわりと汗を滲ませた。

「あ……えっと、だから、僕は真行寺さんのことよく知らないし……千尋くんからおおまかな事情は聞いたけど、真行寺さんと話したのも今日が初めてだから、よく知りもしない人を好きにも嫌いにもなれないって、そういう……」

取り繕《つくろ》うように言ったものの、恭は至って普通のことを言っているつもりだった。

今でも、特別なことを言ったつもりはない。

しかし次の瞬間、真行寺はふっと緊張の糸が切れたように肩の力を抜くと、呆れたような表情で恭を見て――それから、思わずといったように笑った。

「そっか。……じゃあ、絶対アンタに僕のこと好きだって言わせてあげるよ」

初めて見た真行寺の笑顔は恭の想像をはるかに超えて美しくて、恭は真行寺と仲良くなりたいなんて言ってしまったことを、早くも後悔し始めていた。


「……真行寺さん、もしかしてあの時の意地を今でも張り続けてるんじゃ……」

恭に好きだって言わせてやるという意地で、恭のことを好きだと錯覚している、とか。

まさか、という気持ちで言ってみると、真行寺が恭の頭を撫でる手を止めた。

「――いくら恭くんでも、怒るよ」

「っ、ごめんなさい！」

いくらなんでも失礼だった。

恭が慌てて頭を下げると、真行寺が声を上げて笑った。

恭の頭を上げさせるついでとばかりに両腕で恭の肩を抱き寄せる。いくら椅子を向かい合わせていても、強引に抱き寄せられると椅子から滑り落ちそうになって、恭は慌てて真行寺の腕に掴まった。

「恭くん、僕のこと好きになった？」

頭上で、真行寺の優しい声がする。

あの時は、まさか真行寺が今どんなふうに微笑んでいるのか、頭上を仰いで確認しなくても日に浮かぶようにわかるこんな日が来るなんて、想像もしてなかった。

「僕はもうずっと、真行寺さんのことが好きですよ？」

乃木や千尋と同じくらい。

恭が付け加えるまでもなく、真行寺にはわかってるんだろう。吐息のような笑い声が、恭の髪をくすぐった。

「まあでも、僕も人を好きになるって気持ちは、未だにわからないままなんだ」

恭の体を抱き上げるように、真行寺が腕の力を強める。

恭は反射的に真行寺に協力するように、自分から腰を浮かせた。

「恭くんを好きな気持ちは、ウメ婆ちゃんを好きなのとは違う。これってどういう気持ちなんだろう、って」

真行寺に抱き寄せられるまま、恭は真行寺の膝の上に横向きに座った。

「……こんなこと言ったら、僕の気持ちを疑われるかな」

真行寺が首を傾げて恭の顔を覗き込む。

「そんなこと……」

むしろ、恭と同じように真行寺にもわからないのかと思うと、安心した。

「人からたくさん好きだって言われすぎて、全然よくわからないんだ。僕のことアイドルか何かだと勘違いしてそんなこと言われても、好きってナニ？　ってなるよね」

その点は恭にはわからないけど、真行寺はそれにずっと悩まされ続けてきたのだろう。

真行寺の腕に支えられながら恭が真行寺の柔らかい髪をちょいちょいと撫でると、真行寺がくすぐったそうに笑った。

「人を好きになろうと思っていろんな人と付き合ってみたこともあったけど、誰のそばにいても落ち着かなかった。相手のイメージしてる僕はどんな感じなのかなって、そればっかり考えてた」

当時のことを思い出したように大きくため息を吐いて、真行寺がぐったりと体を脱力させた。そのまま膝の上の恭に体を凭《もた》れさせてくると、恭は笑いながら必死でそれを支えた。

真行寺が恭に気を許しているからこうして甘えてくれているのだと思うと、頑張らないわけにはいかない。

「……恭くんのそばにいる時だけなんだ。こんなに気持ちが穏やかでいられるのは。何も無理しなくていいんだって、僕が僕のままでいることを望んでくれてるんだって、恭くんがそう言ってくれたから」

「真行寺さん……」

ぎゅうっと、真行寺が恭の体を強く抱きしめた。

ちょっと息苦しいくらいの力が、心地いい。

真行寺が恭を必要としてくれているように、恭にとっても真行寺を必要とする気持ちがある。だけど、それが恋なのかはわからない。

恭が思いきってそのことを尋ねてみようとした瞬間、するり、と真行寺の掌が恭の腰を滑った。

「っ、！」

ぞくんと甘い疼《うず》きが背筋を走って、恭は顔を上げた。

それを待っていたかのように、真行寺の唇が落ちてくる。恭の額、目尻、こめかみ、頬へ点々と唇を降らされて、恭は身をよじりながら笑ってしまった。

「わっ、ちょっと……真行寺さん、くすぐ、ったい」

真行寺も笑っている。

でもキスが恭の唇まで辿り着くと、不意に真行寺が真剣な顔つきになった。

「好きって気持ちはよくわからないけど、恭くんにもっとたくさん触れたいって思う」

人との接触を嫌がるはずの真行寺の言葉に、恭は目を瞠った。

もっとも、こんなふうに膝に抱き上げられている時点で信じられないようなことなんだけど。今までは真行寺のスキンシップが一番激しかったから、感覚が麻痺《まひ》しているような気がする。

ちゅっと真行寺の唇が恭の口端を吸い上げた。

「もっと、たくさん……ずっと、こうしていたいよ」

恭の体を抱き直しながら、真行寺が顔の向きを変えて、恭の下唇を食むように吸い上げる。

「ぁ、……っ真行寺、さん」

体の芯がむず痒《がゆ》いような妙な気分に襲われて、恭は身をよじった。

でも強く拒絶したら、真行寺が傷つくかもしれない。そう思うと、これ以上嫌がる素ぶりは見せられないような気がした。

真行寺に甘えられるのが嫌なわけじゃない。

嫌じゃないし、恭だって真行寺に触れていたいと思う。ただ漠然とした迷いが、恭を戸惑わせていた。

「恭くん……」

夢見るような真行寺の囁きが、恭の瞼を重くする。

恭は撫でられた腰から燻るように体の芯を舐める熱を煽《あお》られて、小さく息を吐いた。その薄く開いた唇に、真行寺の舌が滑り込んできた。

「ぁ、……んぅ、んっ……！」

慌てて唇を閉じても、もう遅い。

真行寺の掌に頬を抱かれて、恭の口内が真行寺の舌にまさぐられる。

「ん、ん……っは、っし……ぎょうじ、さんっ……」

歯列から上顎を真行寺の熱い舌で舐《ねぶ》られると、恭はゾクゾクっと背筋がわなないて、真行寺のシャツの胸を握りしめた。

真行寺の唾液が、流れ込んでくる。

恭はそれを夢中で嚥下《えんげ》しながら、息苦しさを感じていた。

キスのせいで呼吸がうまくできないからじゃない。心臓が、破れそうなくらいに速く打っている。

熱っぽくなった目をぎゅうっと瞑って恭が息をしゃくりあげると、ようやく真行寺の唇がゆっくり離れた。

「……もし恭くんが僕以外の誰かを選ぶなら、僕はもうここにはいられないかもしれない」

「！」

濡れた唇を寄せたまま睫毛を伏せた真行寺がつぶやくと、恭の胸を苦いものが突き上げてきた。

そうなるのだろうかとは思っていたけど、実際にはっきりとそう聞かされると、怖くて仕方がなくなる。

「僕のことを卑怯だって思う？　……恭くんが一番恐れている言葉で脅迫するなんてね」

もう一度だけ唇を吸い上げてから、真行寺は恭の頭を胸に押し付けるようにして抱きしめた。

「僕は恭くんが好きなんだ。恭くん以外は、好きになれない。僕には恭くんしかいないんだよ。……他の誰のものにもなって欲しくない。脅迫でもなんでもなくて、素直な本音だ」

恭の髪の上に唇をつけて、真行寺はまるで懺悔でもするように低い声を絞り出した。

＊　＊　＊

「はぁ……、」

穏やかな風が、ふんわりと乾いたバスタオルの表面を撫でて通り過ぎていく。

洗濯ばさみをエプロンのポケットに入れ、タオルを一枚ずつ取り込む恭の髪を揺らした夕暮れ時の風は、縁側の窓を大きく開け放ったことり荘の中まで吹き込んでくる。

真っ白な大判タオルが、乃木のもの。スポーツメーカーのロゴが大きく入ったものが千尋のタオルで、真行寺は毛足の長いパステルカラーが多かった。

それらを両腕に抱えながら、恭は暮れていく空を仰いだ。

――もっとたくさん触れていたいって思う。

真行寺の告白は、恭にも理解できないものじゃなかった。

乃木にキスをされた時も、戸惑いこそあれ嫌だとは思わなかったし、千尋を抱きしめたいとも思った。真行寺の言うように、好きっていう気持ちが、相手にたくさん触れたい、ということなのだとしたら……。

「……あれ？」

恭はタオルを腕にかけたまま、頭を抱えた。

「僕ってもしかして最低なんじゃ……」

考えれば考えるほどドツボに嵌まってきた気がして、恭は青くなった。

恭が答えを出すことに、期限は設けられていない。

それが彼らの優しさなのかどうかはわからないけど、もしかしたら恭が選ばないという可能性は考えているんだろうか。

もっとも、恭が「選ばない」という「答え」を出せば、みんなことり荘を出て行ってしまうかもしれない。

だから、恭がその答えを出さないと思ってるんだろう。

恭を信頼してくれているとも言える。

だって、恭が誰のことも選ばず、選ばないという答えすら出さないということだってできるのに。

だけど、恭が望んでいるハッピーエンドは、まさにそれだ。

みんなと一緒に、いつまでも一緒にいたい。

もしかしたら、告白される前よりもずっとみんなと親しい、今のままの関係で。

でもそれは、乃木の言う「気持ちを弄ぶ」ことになるのか。

「……わかんなくなってきた……」

恭はタオルを縁側に預けて、頭痛のしそうな頭を押さえた。

だいたい気持ちを弄ぶって、一体どういうことなんだろう。

みんなこそ、恭の気持ちを弄んでるのじゃないだろうか。

勝手に協定を結んだりして、それが発覚すれば突然恭に「選べ」だなんて言い出して。

それぞれの気持ちは真剣で、恭にはもったいないくらいだ。嬉しくて、幸せで、みんなを幸せにしたいと思う。

それなのに、弄ぶなだとか他の人を選んだらここにはいられないだとか、挙げ句のはてに成就するはずがないだとか。

「――……」

なんだか、だんだん腹が立ってきた。

恭は山積みにした洗濯物に弱々しく拳を突き立てると、一人で顰め面を浮かべた。

「あ、ここじゃねー？」

その時、ことり荘を取り囲む生垣《いけがき》の向こうから声がした。

「マジで？　ちょ、ボロくねー？」

「いやいや、それがアジってやつじゃん？」

複数の男の笑い声。

恭は目線より少し高い生垣の向こうの路地を、窺った。

「あー、夜な夜なギシギシ軋《きし》んじゃう感じの？」

「なにそれエッロ！」

ギャハハと笑った青年の一人が、生垣からこちらを覗き込んだ。

「！」

視線が合う。

千尋の学校で会った、千尋に塚田と呼ばれていたメイドくんだ。……もちろん今はメイド服ではなく、パーカーを着ているけど。

「あ、恭さーん。お久しぶりでーっす」

生垣から半分出た顔に笑みを浮かべて、塚田が大きく手を振る。

恭は、目を瞬かせた。

「お、恭さんだ。どもー。来ちゃいましたー」

あの時一緒にいた赤髪と、吊り目も一緒だ。

大きな声と馴れ馴れしい態度に、恭はなんだか嫌な予感を覚えた。

胸が、ざわつく。

「俺らもことり荘入居しようかと思ってー、見学させてくださーい、みたいな？」

からかっているような声音で言って、吊り目が甲高い声で笑う。

ことり荘に学生の店子が増えるのは、多分いいことだ。でも、恭は反射的に嫌だ、と感じた。ウメでもきっとそう思うだろう。

「あの、見学は事前に電話してもらって……、今日来てもらってすぐ見学ってわけには」

少なくとも店子が揃ってるところも見てもらいたい。

彼らは千尋のことは知っているかもしれないけど、乃木や真行寺とうまくやっていけるかどうかも重要だ。特に真行寺は、嫌だと言ったら本当に嫌がるだろうから。

「あ、そーなの？　じゃあいいや。今日は、恭さんちに遊びに来たってことでー」

あっさり撤回した塚田が笑うと、前方を歩いていた赤髪が声を上げた。

「お、入り口こっちっぽい」

「……！　あの、困るから……」

胸がどくどくと強く脈打っている。

何か、おかしい。

彼らは大声で笑っているくせに、目が笑っていない。獣が舌舐めずりするような目で恭を見て、土足で踏み込んできそうな図々しさがある。

今時の若い子は、なんて商店街の人たちは言うけど、それとも違う。

なんだか、怖い。

「えー、なんで？　恭さん、あそぼーよ～」

「玄関はっけーん」

生垣の向こうの塚田と話している間に、赤髪が玄関に回り込んだようだ。恭は踵を返して、縁側からことり荘の中に駆け込んだ。

ここは恭の家じゃない。ウメの家でもない。ことり荘は、店子の家だ。

今は乃木と真行寺と千尋と恭の、大切な家だ。

「入って来ないでください！」

恭は、叫んでいた。

「なんか婆ちゃんちみて～」

ガラガラガラ、と滑車《かっしゃ》の音を響かせて赤髪が玄関の引き戸を開く。恭は畳に足を滑らせて転びそうになりながら、縁側に面した和室を抜けた。

「恭さーん、あーそーぼ」

「なにそれ、ウケんだけど」

恭が廊下に飛び出た時には、赤髪と吊り目が既に玄関を上がってきていた。

「あ、恭さんハッケーン。この時間、誰もいなくて寂しかったっしょ？　千尋は学校だしー、なんか他の奴らも働いてるらしーじゃん？」

恭がさっき雑巾がけしたばかりの廊下を踏み鳴らして、二人が近づいてくる。

異物が侵入してきた。そう感じた。

「で、出てって……ください。不法侵入ですよ！」

恭は胸を張って、彼らを制するように歩み寄った。

「え、ひどくない？　俺らせっかく恭さんに会いに来たのに。……ねー、何して遊ぶ？」

彼らを押し返そうと伸ばした腕を、摑まれた。

赤髪と吊り目は恭を取り囲むように前に立ちふさがって、不躾に顔を覗き込んでくる。

「学祭ン時はジャマが入っちゃったからさ。今度は確実にジャマが入らないように、ってわーざーわーざ、来てあげたんだよ？　もっと歓迎してくれても良くない？」

恭の耳元に顔を寄せて下卑《げび》た声を上げる吊り目に、全身が粟立つ。

摑まれた腕を振り払おうと、恭は腕を引き寄せた。ビクともしない。

「離しなさい、っ……！」

「ねー、恭さん。みんなで仲良く遊ぼーよ」

身をよじって腕を振り解こうとする恭を嘲笑《あざわら》うように、赤髪が恭の背後から抱きついてきた。

「ッ、！　やめっ……！」

怖い。

緊張で呼吸が浅くなる。

恭を拘束しようとする腕は筋肉質で乱暴で、千尋のような優しさも何もない。

「うはは、やめっ、とか言ってる。ちょーエロいんだけど」

赤髪が、背後から恭の体を服の上から乱雑にまさぐる。

真行寺に撫でられた時のような疼きも何も感じない。ただ、不快なだけだ。

「いーじゃん、どうせ恭さん千尋とか他の奴らともヤッてんでしょ？」

玄関を回り込んできた塚田が、ゆっくりと歩み寄ってくる。

「学祭に一緒に来てたじゃん。なんか女みたいな顔のイケメンとか、眼鏡とか。恭さん、どれが本命？」

どくっと耳のそばで大きく脈打った。

誰が本命かなんて、知らない。

だって、みんな好きなのに。

「ふざ……けるなっ、そんなこと、君たちには関係ない！」

恭は思いきり吊り目の足を踏みつけると、一瞬できた隙をついて赤髪の腕を振り払った。

暴れた恭のエプロンのポケットから、洗濯ばさみが落ちる。

「あーあ、逃げちゃった」

踵を返して、廊下を駆け出した。

あんなのに触られた肩が、腕が、ひどくざわついて、気持ち悪い。

「よし、んじゃ追いかけっこからね」

背後で塚田が声を上げた。

「——捕まえた奴から、恭さんヤッてよし」

赤髪と吊り目が走り出したのが、廊下の割れそうな音でわかる。

千尋は恐怖で乱れた呼吸に、眩暈を覚えていた。

ここじゃどんなに声を上げても、商店街までは届かない。ことり荘の周りには企業のビルしかないから、誰も助けには来てくれないかもしれない。

嫌だ。

こんなの、嫌だ。

「……っ！」

恭はぎゅっと唇を強く噛んで、自室に勢い良く飛び込んだ。

震える手で、乃木がつけてくれたばかりの鍵をかける。

鍵をつけてもらって以来、今まで本当に施錠したことはない。こんなことで施錠する日が来るなんて、乃木も想像してなかっただろう。

「はっ、はっ……はっ、」

弾む息を抑えながら、恭は自室の扉に縋《すが》りつくように凭れた。

乃木に守られた。そう、感じた。

「あれー、恭さん引きこもっちゃったー」

「！」

ガチャガチャと乱暴に何度もドアノブを回されて、恭は思わず扉から飛び退いた。

ことり荘は古い。もし彼らにその気があれば、ドアを壊してでも押し入って来れないこともないだろう。そんなにまでして恭を襲おうなんてするものだろうか。

わからない。

彼らはゲーム感覚で遊んでいるだけなのかもしれない。

「ていうか窓から入ったほうが早いっしょ。塚田はここで待ってて。俺部屋入ったら中から開けてやるからさー」

「バカ、お前それ一発ヤってから開けるつもりだろ」

「たりめーじゃん」

廊下を遠ざかっていく足音と、笑い声が聞こえる。

恭は背後の窓を振り返った。

鍵は閉まっている。でも、ドアを破るより窓を割るほうが容易《たやす》いだろう。

ドッドッと心臓が恭の体を打つように強く響いている。

「恭さんドア開けてよー。俺ら優しーよ？　怖がんなくても、気持ち良くしてあげっからさ～」

冗談じゃない。

恭は窓からも扉からも後退《あとずさ》って距離を置くと、震える手を抑えながら携帯電話を取り出した。

冷たくなった指先で電話帳を繰る。

乃木、真行寺、千尋。

三人とも、きっと仕事中だし授業中だ。

でもきっと恭が呼んだら助けに来てくれるかもしれない。助けに来て欲しい。あんな奴らに触られたくない。

恭が本当に、触れていたいのは。

「――……っ！」

恭は、発信ボタンを押した。

＊　＊　＊

「恭くん、大丈夫？　どこも怪我してない？」

ひび割れた窓ガラスから、街頭の明かりが差してくる。

真行寺は恭の体を包み込むように抱きしめてくれていた。

バーの開店準備を放り出して駆けつけてくれたのだろう、バーテンダーの制服姿で、髪を後ろでまとめている真行寺の姿は、新鮮に見えた。

こんな時なのに。

「……大丈夫です。すみません、心配かけさせて……」

恭は真行寺の腕にしっかりとしがみつきながら、すっかり体の震えが止まっていることを実感した。

あんなに恐怖で強張っていた心臓も、もう平気だ。

真行寺の勤めているバーはここから電車ひと駅ぶん離れているのに、こんなに早く駆けつけてくれるとは思わなかった。

恭の部屋に飛び込んできた時の真行寺といったら顔色が真っ白で、もしかしたらこの人は恭がいなくては生きていけなくなるのかもしれないとさえ思えた。

そんなのは恭の、ただの驕りだけど。

「恭さん、大丈夫でしたか！」

バタバタと足音を響かせて、千尋が部屋に戻ってきた。

授業を抜け出してきたという千尋のジャージはあちこち泥だらけになっている。

駆けつけるなりことり荘の外へ引きずり出した三人と千尋の間にどんな格闘があったのだろうかと考えると、……あまり考えたくない。

「ごめんね、千尋くん。授業中だったのに」

「どうして恭さんが謝るんですか！　恭さんは何も悪くないのに！」

真行寺が抱きしめた恭の前に跪《ひざまず》くと、千尋はそう言いながら涙ぐんでいるようだった。

「ごめんなさい、俺、あんなヤツらにここの話した覚えはないんですけど、どっかで聞いたみたいで……もう誰にも、恭さんの自慢話とか、しませんから！」

「そんな、」

恭は真行寺の腕の中から手を伸ばすと、顔を顰めて罪悪感にうつむいてしまった千尋の頭を撫でた。

「千尋くんだって悪くないよ。一番に助けに来てくれて、ありがとう」

大学からことり荘までの距離、商店街を含む数キロの道のりを千尋がどんな気持ちで走ってきたのだろうと思うと、申し訳なくすらなる。

それから、商店街の人に後日何を聞かれるのかと思うと気が重い。

「彼らと話をつけてきました」

最後に戻ってきたのは、スーツ姿の乃木だった。

今でこそいつも通りの涼しい顔をしているけど、千尋の豪腕で摑み出された暴漢の後について部屋を出て行った数分前は、恭が竦み上がるような怖い顔をしていた。

「彼らはもう二度と、小島くんの周囲半径三キロ以内には近づかないでしょう」

これが誓約書ですと乃木の掲げた紙には、乃木の手書きの文字と一緒に鮮明な拇印《ぼいん》が捺《お》されていた。乃木が朱肉を持ち歩いているとは思えないし、家の中に取りに来た気配もなかった。拇印を捺した赤いものがなんの色なのか、恭は考えることをやめた。

「半径三キロって……大学も含まれるけど」

「当然退学していただきます」

「！」

そんな、と声を上げそうになった恭を、乃木の鋭い眼差しが貫いた。

「大事な君に乱暴を働こうとしたのですから、当然です」

乃木の表情を目の当たりにした真行寺も、暴漢たちと乃木のやり取りを間近で見ていたであろう千尋も、言葉を失っている。

乃木は防犯対策用に粘着シートの貼られた窓に歩み寄ると、外の様子を窺った。シートのおかげで、窓ガラスは割れずに済んだ。とはいえ、取り替える必要はあるだろう。

家の外はもう夜になろうとしている。

恭はこんな時なのに、夕飯の買い出しに行きそびれたことを思い出していた。とてもそんなことを言い出そうとは思わないけど。

「みんな、ありがとう。こんなことで呼び出したりして——」

ごめんなさい。

そう続けようとした時、真行寺を押しのけて千尋が抱きついてきた。

「こんなことってなんですか！　俺、恭さんに何かあったら、俺、……っ本当に」

恭の胸に顔を埋めた千尋が、鼻を啜る。

ついに泣き出してしまったのかと思いながら、恭もその肩を強く抱きしめた。

心がじわりと、熱いもので満ちていく。あんな男たちに触られた肌が消毒されていくようだ。

「おい、千尋。どさくさに紛れて——……」

「俺！」

真行寺が千尋を恭から引き剝がそうと手をかけた瞬間、がばっと千尋が顔を上げた。

黒目がちの眼に、涙がいっぱい溜まっている。

そんな目で見つめられたら、恭はどんな顔をしていいかわからない。胸が詰まって、息苦しい。

「俺……っ、俺が恭さんのこと、一生守りますから！」

「実質小島くんの貞操を守ったのは、私ですけどね」

ズバリと乃木が口を挟む。

確かに鍵をつけてくれたのも窓ガラスに（いつの間にか）防犯シートを貼ってくれたのも乃木だ。

でも、恭からの連絡を受けて急ぎ走らせたタクシーで乃木を拾ってきてくれたのは真行寺だし、千尋がいち早く駆けつけてくれなかったらドアを蹴破られていたかもしれない。

「僕は、みんなに助けてもらったと思ってるよ。ごめんね、相変わらず頼りない大家で……」

店子に迷惑かけてばかりの大家なんて、本当に情けないばかりだ。それなのに。

「だから謝らないでいいんだよ、恭くんは。僕は、恭くんを守りたくて駆けつけただけなんだから」

うつむいた恭の顎に指先を伸ばした真行寺の手を、千尋がすかさず捉える。

「真行寺さんは恭さんにくっついてただけじゃないですか」

「くっついてただけってなんだよ。怖がって震えてる恭くんを放っておけっていうのか？」

真行寺が、眉を震わせて千尋を睨みつける。

二人の間に漂う不穏《ふおん》な空気に恭が顔を上げると、乃木が先に口を開いた。

「君たちは相変わらず、学習しませんね。どうしても喧嘩がしたいなら、外でやってきてください」

さあどうぞ、と扉を開く乃木に、恭はほっと胸を撫で下ろした。

「そんなこと言って、僕と千尋が喧嘩してる間にアンタ、恭くんを独り占めする気だろ」

「当然です。君たちは邪魔ですからね」

しれっとした乃木の言葉に、千尋と真行寺が立ち上がった。

押さええようとした恭の手が、宙を掻く。

「ちょっと、……また、喧嘩は」

「邪魔ってなんですか！　恭さんは乃木さんを選んだわけでもないのに！」

恭の声を掻き消すように、千尋が乃木に摑みかかる。

「そうだよ、恭くんに邪魔だって言われるならわかるけど、アンタに言われる筋合いはないな。もしかしたら邪魔なのはアンタかもしれないし」

真行寺も腕を組んで、千尋を止めようとしない。

また喧嘩になるのか。

恭は拳を握りしめて、険悪な雰囲気の三人を仰いだ。

でも、喧嘩を止めたって同じことだ。恭自身が「答え」を出さない限り、意味はない。

「千尋くん、私を殴れば小島くんがどう思うかな。よく考えて行動したほうがいい」

千尋に胸ぐらを摑まれたまま、乃木は眉ひとつ動かそうとしない。

それが千尋の神経を逆撫でることも計算のうちなのかもしれない。

「乃木さんさあ、前から思ってたんですけど、恭さんのことをゲームか何かと思ってるんじゃないですか？　そんなの、さっきのあいつらと同じだよ！」

「小島くんに甘えているだけの君たちよりは真剣だと思いますが」

「ちょっと、それ僕にも言ってるの？」

三人の声がどんどん荒くなって、刺々しくなっていく。

恭は、三人にいがみ合って欲しいわけじゃない。三人に今まで通り楽しく過ごして欲しいだけだ。大好きな三人に、幸せになって欲しいだけだ。

胸が苦しい。

恭は胸の中で膨れ上がっていく気持ちが、今にも爆発しそうなのを感じた。

胸が苦しい。これ以上、大好きな三人のいがみ合いを見たくない。だって、恭は三人とも——……。

「誰か一人なんて、決められないよ！」

恭が声を張り上げると、我に返ったように三人が恭を振り返った。

その表情は恭の目にはよく見えない。涙が滲んできて、歪んで見えた。

「なんで、三人のうち誰か一人を選ばなきゃいけないんですか？　そんなこと急に言われても、無理に決まってます」

震える声で言った恭が大きくしゃくりあげると、真行寺が恭の肩に触れようとした。

その手を、振り払う。

恭は自分でも、どうして泣いてるのかわからなかった。

「恭さん、……」

千尋が、乃木の胸ぐらを離す。

恭が手の甲で目を擦ると、乃木の苦しそうな表情が見えた。

「僕は、みんなのことを苦しめたくないし、嫌な気持ちにもなって欲しくない。それは大家だからじゃなくて、……三人とも、大好きだからだよ」

いつかウメが帰ってきて、恭がことり荘の大家じゃなくなったら答えが出るのかといえば、それは違う。

三人がそれぞれ別のところに住むようになっても、それでもやっぱり誰が一番かなんて決めることができない。

「乃木さんが僕を守りたいと思うように僕だってみんなのことを守りたいと思うし、僕はこの先ずっと千尋くんと一緒にいられたらなあって思うよ」

千尋が、かっと顔を赤くしたのが視界の端に見えた。

恭は涙で濡れた手で自分の腕を掴むと、小さく深呼吸した。

「真行寺さんは、たくさん触りたいって思うのが恋かもって言ったけど——それなら、僕はみんなに、恋をしてるんじゃないかって思うよ」

離れたくない。

誰とも。

それはことり荘に暮らしていて欲しいと思う気持ちよりもずっと、肌に近い感覚で。

押し黙った三人の顔を窺うように恭がそろりと視線を上げると、真行寺が喉を上下させて唾を飲み込んだ。

みんなのためだけじゃない。恭自身、それを望んでいたのかもしれない。

三人とも、幸せにしたい。それが、恭の幸せだから。

「恭くん、それって……」

真行寺の、掠れた声。

乃木が、黙って眼鏡を外した。

「恭」

低い、胸の中心に沈み込むような声で呼ばれて、恭は小さく肩を震わせた。

真行寺と千尋が、驚いて乃木を振り返る。

「今、恭って……」

「呼び捨て!?」

「——それが君の答えで、本当にいいんですね」

乃木は二人に取り合わず、恭だけを真っ直ぐ見つめて尋ねた。

恭は、小さく、しかししっかりと肯いた。

「……狡《ずる》いかも、しれませんけど」

恭は胸の前でぎゅうっと拳を握りしめた。

言いたいことを吐き出したら涙はほとんど止まったけど、瞬きをすると拳の上に雫《しずく》が一粒、落ちた。

「ずるいなんて思わないよ。それが恭くんの出した、答えなら」

真行寺が首を竦めて、微笑む。

恭はぎこちなく笑い返した。

「自分でもこの気持ちに気づいた時は、こんなのみんなと同じ気持ちじゃないんじゃないかって思ったけど——……でも今は、こうとしか言えません」

「いつか、気持ちが変わったらその時にまた話してくれればいい」

乃木が穏やかに双眸を細めた。

それを見ると、恭はここのところずっと胸につかえていたしこりがすうっとほどけていくのを感じて、その場に力なく座り込んだ。

「恭さん！」

倒れたと勘違いしたのか、千尋が慌てて恭を抱きかかえる。

恭はそのたくましい腕に素直に凭れかかると、心配そうな千尋の顔を仰いだ。

「千尋くん、……こんな僕は、千尋くんのお嫁さんには相応《ふさわ》しくないかもしれないよ」

振られるのは僕のほうかも、と恭が苦笑すると、千尋が目を瞬かせた。それから、ぎゅっと恭の肩を力強く抱き直す。

「大丈夫です！　一妻多夫の国もあるし！」

千尋の力強い言葉に、真行寺が呆れたような笑い声を漏らした。

でも、千尋の表情は真剣だ。これ以上ないくらい。

「……だから、俺を旦那さんにしてください！」

真剣な眼差しで言って、千尋が恭の唇をいきおいよく塞いだ。

「——……っ!」

ゴツン、と前歯がぶつかる。その鈍い衝撃に恭が思わず目を瞑ると、千尋はそれでも構わずに舌をねじ込んできた。

「ん、ぅ……ふっ、んっ、……ん!」

乱暴に口内を弄られるようなキスに恭は千尋の服を握りしめた。

その手を、そっと握られる。

「恭くん、さっき知らない男に触られたところを、消毒してあげるね」

真行寺の声に片目を薄く開いた瞬間、腕を引かれた。

千尋に抱かれて唇を貪《むさぼ》られたまま、背後から真行寺が恭の腰を抱き寄せる。すぐに首筋へ真行寺の熱い吐息を感じて、恭は床の上で足をばたつかせた。

「んっ……ぅん、ん——……っは、ぁ……っそん、なとこ触……って、な、」

彼らには抱きつかれた程度だったのに、真行寺の掌は恭の服をたくし上げて胸の上に入り込もうとしている。

そんなところは触られてないと訴えようとしても、少し首をひねると千尋の唇が追ってくる。

「ぁふ、っ……んぁ、あっ……ち、ひろ、く……っ!」

恭の舌を絡め取り、唾液を擦りつけ合うようなキスに体が熱くなって、汗ばんでくる。そんなのを真行寺に触られたくないのに、真行寺は恭の腕に抑えられても気にせずに素肌の上を撫でた。

「恭くん、たくさん触ってあげるね。……そうしたいんでしょ？」

耳元で真行寺が囁くと、恭の胸がどきんと高鳴った。

確かにそう言ったけど、恭には心の準備ができてない。

そういう意味ではなかった――とも言いきれないけど、だからって、みんなでするなんて意味じゃない。

恭が小さく首を揺らすように否定の意を示そうとすると、前から千尋の熱い下肢が押し付けられてきた。

「――……っ！　ぁ、あっ……ぅ、ふ……ンぁ、あン、ぅ」

千尋は、真っ赤な顔をして息を弾ませながら夢中で恭の舌を吸っている。真行寺も加わっていることなんて気にもしてないようだ。

恭の頬を包む千尋の掌はじっとり汗ばんで、押し付けられた腰が揺れ始める。

「っふぁ、――あ、……んん、っ」

反射的に逃げを打とうとする恭の体を、真行寺の掌が強引に抑え込むでもなく、指先で掻き上げるように撫でる。

肌の上の産毛を逆撫でられるような繊細な指使いに、恭は首を反らして背筋を震わせた。

「恭」

千尋と真行寺に挟まれて悶えるように身をよじることしかできなくなった恭の髪を、乃木の掌が撫でた。

それがまるで決められた合図のように瞼を開けて乃木を仰ぐと、乃木はネクタイの結び目に指をかけて、緩めている最中だった。

「ぁ、……」

千尋の舌を頬張った口でつぶやき、千尋の唾液を飲み下す。

「千尋くんも真行寺くんも、よく今まで我慢したほうだと思います。——もちろん、私も」

真行寺の手が恭の着ていたシャツを捲り上げてしまうと、千尋が唇を下降させ始めた。

「あ、待っ……千尋くん、っ」

乳首に鼻先を擦りつけながら恭の胸の上を何度も吸い上げる千尋の愛撫に恭が千尋の頭を押さえようとすると、その手を真行寺から摑まれた。

「あ、やっ……真行寺さん、離してください、っ」

「ん？　恭くん、嫌なの？」

恭の耳の後ろをちゅっちゅっと音をたてながら吸い上げて、真行寺が空いた手を恭のもう一方の乳首に滑らせる。

「んゃ、っあ、……っああ、ぁ……！」

千尋の唇と真行寺の指先で同時に乳首を刺激されると、全身を甘い痺れが駆け抜けて、恭はビクビクッと体を痙攣《けいれん》させた。

「すごい、……恭さん、やらしい、声」

千尋の荒い息が恭の肌をくすぐる。熱くて、溶けてしまいそうだ。

「そんなこと……っ言わない、で」

さっき泣き止んだばかりなのに、恭の声はまた泣きじゃくっているように震えた。

「だって、すごい……俺、やばいです」

千尋が恭の体を膝の上に乗せるように抱き寄せると、ぐりぐりと熱い昂《たかぶ》りを押し付けながら、乳首を吸い上げてきた。

「んぁああっ、あっ、やっ……ちひ、ッく……だめ、だめ、ぇっ……！」

そんなふうにされると、恭の腰もひとりでに揺らめいてしまう。

無意識にもじついた恭の背後からは、真行寺の熱も押し付けられていた。

「っ、！」

肩越しに振り返ると、真行寺がとろんとした眼差しで恭を見つめ返した。

「ずっと、こんなふうに恭くんに触りたかったよ。……恭くんは？」

千尋の唾液で濡らされる胸の上を滑り降りて、真行寺の掌が恭の下肢へ向かっていく。

「あ……ゃ、やだ、……っ真行寺、さんっ」

身をよじって逃れようとしても、二人に挟まれたままでは逃げ場がない。

突き倒して暴れてでも拒絶しようと思えばできないことはない。千尋の腕は優しいし、真行寺だって本気で恭を閉じ込めようとしてない。でも、恭は逃げられなかった。

真行寺が触れた恭の下肢も、頭を擡《もた》げていた。

「ふふ、恭くんのも熱くなってる」

「――っ！」

耳元で囁かれて、ますます体が反応してしまう。

恥ずかしいから触って欲しくないけど、体は触ってもらいたがってる。

恥ずかしいけど、どうしようもなく、二人のことが好きだから。

「ぁ――……っやだ、やっ……だめだめ、っ……恥ずかしいから、ぁ……っ！」

いやいやと恭が首を振ると、その顎を乃木の骨ばった指先がついと触れて、止めた。

「羞恥に塗《まみ》れると感じるんですか？」

ふっと乃木が切れ長の眸を細めて、意地の悪い笑みを浮かべる。

「……っそんなん、じゃっ……！」

かあっと朱ののぼる顔で乃木を睨みつけるようにして反論を試みる。でもその唇はすぐに塞がれてしまった。

「ぁ、ん……っふ、」

千尋の熱でほどけた唇を乃木に舐られると、無意識に首を伸ばしてしまう。

胸の上では千尋が恭のぷっくりと膨らんだ乳首を執拗《しつよう》に舐めるぴちゃぴちゃという水音が響いて、真行寺は恭の下肢を開くと下着まで器用に脱がしてしまっている。

「んん――……っンはっ、ぁ、や……っ！」

あらわにした恭の下肢を抱えた真行寺が、恭の背中を押して千尋の上に覆いかぶらせた。

千尋もまるで心得ているかのように床の上に体を横たえ、恭の体を下から舐め上げてくる。

腕を突っ張っていれば、床に寝そべった千尋の愛撫を避けることができるのに、千尋から体を離せない。

腕に力が入らないし、床に肘をついた腕の中で千尋が夢中になっているのが、可愛くて、愛しく感じる。

熱っぽくぼうっとなった恭が息を弾ませていると、不意に背後の真行寺が恭の双丘《そうきゅう》に触れた。

「えっ……ぁ、なに、っ？」

体をよじって振り返ると、真行寺は――恭の双丘に唇を寄せていた。

「……っ！　真行寺さ、っどこ、触って……！」

これ以上は熱くならないと思っていた体が、自分の中の熱で火傷《やけど》してしまうんじゃないかと思うほど、熱くなっていく。

真行寺が、恭の骨っぽい双丘に短く吸い付いた。

「……っ！」

恭の体が、ぶるっと震える。

真行寺にそんな場所を覗き込まれる恥ずかしさに腰をくねらせると、千尋が下で声を上げた。

「すご、……っ恭さん、濡れて、きました」

「言わないで、……ってば、っ」

まるで懇願するような恭の泣き声は、今は逆効果のようだ。

どちらのものともわからない先走りで濡れて擦り合わせた千尋のものも、びくびくと断続的に震えている。

「ぁ、……や、やぁ……っ」

千尋の腰の動きに応じるように動いてしまう腰を、真行寺がそっと抱き寄せて何度も口付ける。

ちゅっちゅっと背後で何度も聞こえるキスに煽られて、恭は背筋を仰け反らせた。

自分が恥ずかしがっているのか、それとも乃木の言う通り、恭が羞恥で感じているのか、もうわからない。

「恭くん、もう一度だけ聞くけど――……嫌だったら、僕たちは無理強いはしない。どうする？」

恭の薄い双丘を撫でた真行寺が、真剣な声音で尋ねた。

我を忘れたように恭の肌に溺れていた千尋も、恭の顔を仰ぐ。頭上からは、乃木が見守るように恭を見下ろしていた。

鼓動が速く、強く打っている。恭はそれがこの部屋全体に響いているような気がして、いたたまれなくなった。

「——……っ」

でも、どこか不安そうに恭を仰いでいる千尋の体に触れた箇所からは千尋も同じように鼓動を速めているのを感じるし、背後の真行寺が恭に触れる手も、緊張したように強張っている。

恭は視線を伏せると、自分の赤くなった顔を腕で覆い隠した。

「そんなこと、聞かれても……なんて答えていいか、わかりません」

震える声で答えると、真行寺が少し笑ったようだった。

「教えてあげましょうか？」

「の、……っ乃木さんにだけは嫌です」

慌てて首を振ると、乃木はわざとらしく心外だという表情を浮かべた。

真行寺の指先が、恭の双丘を押し開く。恭はぶるっと身震いして、千尋の上で肩を窄めた。

「恭、顔を上げてください」

乃木の声におそるおそる顔を上げると、目の前に乃木の屹立《きつりつ》があった。

「っ、乃木……さん」

乃木の手が添えられたそれを突き付けられて、どうするべきなのかは恭にもわかる。でも、思わず首を竦めてしまった。

「できませんか？　……ではこのまま、快楽に悶える君の顔を見ながら、一人で慰めることにしますが」

素知らぬ顔で言った乃木は恭の顔をまじまじと見下ろしながら、その鼻先に突き付けたものに指先を滑らせた。

「ちょっ……乃木さん！」

この異常な状況にも、顔に寄せられた乃木の香りにもくらくらと眩暈を覚えて、恭は縋るようにして乃木のものに手をかけた。

「も、もう……仕方のない、人ですね」

口をついて出てきたのは苦し紛れの言い訳で、乃木はそれを満足そうに笑って見下ろすと、恭がそれ以上言い訳をできないように唇に腰を進めてきた。

「んぅ、……ふ、っぁむ、ぅ……っ」

頬の内側を容赦なく突き上げてくる怒張《どちょう》に恭が目を瞑ってぎこちなく舌を絡ませると、口の中で乃木がビクンと跳ね上がった。

「ッ、！」

思わずむせそうになるのを堪えて、根本へ手をかける。

そうしているうちに、背後で真行寺の唾液に濡れた指先が恭の窄まりを押し広げた。

「——……ぁ、っふ……！　ん、んん——……っ！」

振り返ることができない背後で何をされるのか、不安を感じているはずなのに恭の体はどんどん過敏になっていくようだった。

千尋が下から恭を突き上げるように下肢を動かすと、それをもっと求めるように腰を揺らしてしまう。それを真行寺が追って、指を挿入してきた。

「ぁ、あ……っぁ、あ――……っ！」

びくびくんっと腰を反らして嬌声《きょうせい》を上げた恭の舌の上に乃木の苦い味が広がっていく。恭は鼻を鳴らして発情したような声を上げながら、それを夢中で吸い上げた。

「っふ、……千尋くんの顔の上で私のものをしゃぶる気分はどうですか？」

乃木が恭の頭にやんわりと手をかけて、ゆっくりと腰を前後させる。

「っ、！」

乃木にそう言われるまで意識していなかったのに、床の上から千尋が食い入るように恭の淫《みだ》らな顔を見つめているような気がする。

男のものをくわえ込んで、よだれを垂らしている恭の顔を――。

「ん、っふ……んんぅ――……っんゃ、っゃぁ……！」

見ないで、と言おうとしても、恭が顔を逸らすことを乃木が許さない。

真行寺は恭の体内をぐちゅぐちゅとえぐるように撫でながら、背中の上に何度もキスを落としていた。

三人の手で全身をあばかれて、恭は自分の体がどうにかなってしまいそうだった。自分でも信じられないくらい淫らで浅ましい、はしたない体になってしまう。

「恭くん、――……入れていい？　もう、我慢できない」

恭の背中をのぼってきた真行寺が、切なげな声で囁く。

指先で執拗に掻き乱された背後に真行寺の熱が押し当てられて、脈打っている。

こんなに淫らにされているのに、恭には不思議と不安感はなかった。

恭の大好きな、三人がいるから――。

「ん、っ――……ぅん……っ！」

乃木のものを口にくわえたまま真行寺に小さく肯くと、真行寺が背後から恭をぎゅうっと愛おしそうに抱きしめた。

そのまま、双丘に押し当てた腰を沈める。

「ん、……ぁ――……っあ、っ……ぁあ、あ……！」

熱が、入ってくる。

肉を掻き分けながら入ってくる真行寺の大きな存在感に、恭は背筋をビクビクと震わせて下肢を突き上げた。

真行寺に応じると、千尋から腰が遠ざかってしまう。

糸を引いて離れた肉棒を、千尋が引き止めるように恭の腰を摑んだ。

「んゃ、っはぁっ、ぁン、ぁっ……！　んぁああっ、あ――……っ！」

乱暴に引きずり降ろされて、千尋が腰を突き上げてくる。

体内から真行寺、外から千尋に擦り上げられて、恭の体は自分でコントロールできなくなってしまったようだ。痙攣が止まらない。

「……っ恭くん、そんな、……っ締め上げないでよ」

苦しげな真行寺の声。

そんなことを言われても、どうしていいかわからない。真行寺の熱が恭の深いところで小さく何度も前後して、恭は息をしゃくりあげた。

「やっあ、っあ……あ、だめだめ、……っだめです、し、……っぎょ、じさ……っ!」

舌の上に乃木の熱を載せたまま、恭は腰を揺らめかせた。

千尋の押さえた腰を、真行寺が上から突き刺すようにして激しく抽送《ちゅうそう》する。

恭は千尋の肩に爪を立ててしがみついた。

もう、呼吸すらままならない。まるで自分の唾液で溺れているような気分だ。

「っぁ、——……恭くん、だめだ、もう我慢できないよ」

恭の背中に噛み付くように顔を押し付けた真行寺が、震える声で囁く。

「え、……っぁ、……っ?!　待っ……——」

千尋の手を振り払って、真行寺がわがままに恭の下肢を抱え上げた。

「——……っ!」

そのまま恭の体内をえぐるように、真行寺が激しく腰を打ち付けてくる。

「ぇあ、っんぅ――……っし、ぎょ、……じさ、ぁ――……っあ、あっ……んぁ、あっ、ぁ――……っ！」

真行寺のものを受け入れるまでは知らなかった刺激を浴びせかけられて、さっきまでは窮屈だった部分が真行寺の汁で蕩《とろ》けていく。

乱暴に揺さぶられて口端を滴《したた》り落ちてしまう唾液を吸い上げるために恭が唇を閉じると、乃木のものが熱いものをどっと溢れさせた。

「ぁ、――……」

下肢で漏れる粘《ねば》ついた水音を聞きながら、朦朧とした視線で乃木を仰ぐ。

乃木も、欲情した眼で恭を見下ろしていた。欲望をくわえさせた恭の顔を。

「ふ、っ……ぁ、あ――……っ！　も、ぁめ、……っ」

乃木の犯すような視線に晒されていることを意識した恭が体を熱くさせた瞬間、不意に下から千尋の手が乳首をきゅうっとつまみ上げた。

「――……っ！　ぁ、ああ、あ……っ！」

どくん、とひときわ大きく恭の心臓が跳ね上がった。

そう思った瞬間、恭は抗い難い快楽に押し流されるようにして噴き上げた。

「……っ恭くん、……っ！」

背後から強く恭を抱きしめた真行寺が、絞り出すような声を上げる。恭の体に食い込むほど強い真行寺の腕がぶるっと震え上がったと思うと、恭の中に真行寺の熱がどっと溢れ出てきた。

「ぁ、――……ぁあ、あ……っ」

最初、何が起こったのかはわからなかった。

真行寺が恭の体内で溶け出してしまったのかと思ったくらいだ。

しかしそれが断続的に、何度もびゅくびゅくと噴き付けてきてようやく――恭は、真行寺が射精したのだとわかった。

恭と、ほぼ同時に。

「私より先にイッてしまうなんて、困った子ですね。そんなに真行寺くんのが良かったんですか？」

吐精後《とせい》で朦朧とした恭が乃木の顔を仰ぐと、乃木が笑っていた。

体がとにかく熱くて、絶頂を超えた後も、体の芯がビクビクとまだ震えているみたいだ。

恭の耳元をちゅうっと吸い上げながら真行寺がずるりと濡れたものを引き抜くと、また恭は腰を跳ね上げさせた。

「ぁ、……ふ、ぅ……っ」

熱い塊《かたまり》で押し広げられた肉襞《にくひだ》を、真行寺の精液が溢れてくる。

乃木のものに縋るように恭が唇を窄めると、乃木が顔を歪めた。

嫌がられている、とは感じない。乃木も快楽を堪えている。そう思うと、恭は心が掻き乱されるようだった。

「恭、さん」

体の下で千尋がもぞついた、と思うと、指先でつまんだままの恭の乳首に、千尋が吸い付いた。

「――……っ！　ぁ、ンぁ、っ……やぁ、っ」

さっきまでとは違うわななきが、恭の体を駆け巡った。

射精したばかりで、過敏になっている。それ以上に、まるで真行寺から媚薬《びやく》でも注ぎ込まれたみたいに体が、どうにかなってしまったようだ。

「恭さん、……恭さ……っ俺も、俺も挿《い》れていいですか？」

吸い付いた乳首の先端を舌先で捏《こ》ねるように責めながら、千尋はもう一方の乳首も指先でひねるように虐めてくる。

「んゃ、ひ……っんふぁあ、あ――……っぁあ、」

千尋が恭の腰に手を伸ばしただけで、また射精でもしそうなくらいに体が痙攣してしまう。

いやいやと首を振ると、乃木のものが口から零れた。

「おやおや」

思わず吐き出してしまった乃木のものに、無意識のまま再び顔を向けようとすると――千尋が、体を起こした。

た。

「っ、ぁ！」

千尋が身を起こすと恭の体もそのまま膝の上に抱え上げられるような格好になって、恭は目を瞠った。

千尋は、真剣な顔を紅潮させて恭を見つめていた。

「ち、――……千尋、くん」

はしたなく乱れた恭に、千尋の純真な瞳は真っ直ぐすぎて、恭は思わず顔を逸らした。

真行寺に体を貫かれ、乃木のものを口で喜ばせ――それをすべて下から千尋に見られていたのだと思うと、いたたまれなくなってくる。

それなのに肌はまだ粟立っていて、真行寺のものが溢れた下肢もひくひくと収縮が止まらない。

「ご、ごめん……千尋くん、」

恭が唾液とも、乃木の先走りともつかないもので濡れた口元を拭おうとしたその時、

「――……っ！」

千尋が、その唇を塞いだ。

「んん、――……ンん、んぅ」

すぐに舌を根本までねじ込んできて、恭の口内が千尋でいっぱいになる。

まるでそれが、今まで乃木を口に含んでいたことへのヤキモチのように思えて、恭は一度は目を大きく瞠ったものの、すぐに千尋の背中に腕を回した。

「ん、……ち、ひろく……」

背中をあやすように撫でると、すぐに千尋は息苦しくなるような口付けから、恭の唾液を吸い上げるようなキスに変えた。

大きな胸の中に恭を包み込んで、鼻を鳴らしながら恭の唇を吸ってくる。

どろどろになった恭の口内の唾液を嚥下し、それから歯列を丁寧になぞってくる。

「ん、……んふ、……っは、ぁ」

恭が舌を伸ばすと、千尋がそれにちゅくちゅくと音をたてて舌を絡めてくる。

そうしながら千尋が腰をもじつかせると、その上に座らせられた恭は過敏すぎるほど腰を震わせて、

千尋の背中にしがみついた。

「ぁ、……っちひ、ろく……っ」

恭は、口をついて出そうな言葉を慌てて飲み込んだ。

千尋の指先はまだ、恭の乳首を撫でている。その先端に親指の腹が触れるだけで、背筋に甘い電流を流されたようになって、竦んでしまう。

目眩がする。

この状態をずっと続けられたら、気が変になりそうだ。

「恭、言ってあげたらどうです」

「——……え？」

恭の首筋に唇を移動させた千尋の頭を抱いた恭が顔を上げると、乃木が双眸を細めていた。

その薄い唇が、恭に催眠でもかけるように掠れた声で囁く。

「早く挿れて欲しい、と」

「……っ！」

それは、さっき恭が無理やり飲み下した欲望だ。

乃木に見透かされた、と思うとかーっと体が熱くなった。

自分はそんなに、物欲しそうな顔を浮かべていたのだろうか。男のくせに、男のものを欲しがるなんて。

唇を震わせて恭が顔を伏せようとすると、首筋から顔を上げた千尋と視線が合った。

「っ！」

「恭さん、——……挿れて、いいの？」

千尋の澄んだ眼が、雄《オス》の欲情に濡れている。

恭の胸が破裂しそうに弾んだ。真行寺から教えられたばかりの下肢の疼きが、我慢できないほど恭の体を支配していく。

「……っ千尋、く……」

恭は濡れた唇をきゅっと強く噤んで、小さく肯くだけで精一杯だった。

頭上で乃木の呆れたような笑い声が聞こえたような気がする。でも、恭にはそんなことは言えない。

ましてや、千尋になんて。

それでも自分が千尋を欲しいと思ってしまったことは確かで、恭の体を軽々と抱え上げた千尋がその怒張の先端を恭に突き付けると、恭はそれだけで達してしまいそうになった。

「――っ……恭さんとひとつになれるなんて、夢みたいです」

千尋の上に中腰になった恭をぎゅうっと抱きしめて、千尋がつぶやくように言った。

千尋にそんなふうに想われるほど、恭は大した人間なんかじゃないのに。

でも千尋がそう言ってくれると、恭ももしかしたらずっとこうしたかったんじゃないかと思えてくる。

それくらい、触れ合った肌のすべてが愛しい。

「――……ふぁ、あっ」

恭が腰を沈めると、千尋もそれに合わせて突き上げてきた。

真行寺のもので柔らかくほどけた恭の中に、千尋の反り返ったものがずぶずぶと埋まっていく。

「恭くん、千尋に入れてもらって、気持ちいい？」

真行寺の気だるい声が聞こえてきたと思ったら、後ろから顔を覗き込まれた。

「……っ！　ぃや、です……っ見ない、で……っ」

顔を伏せようとすると、乃木の手で頭を摑み上げられた。

「やぁ、っ……！」

自分が今どんな顔をしているのか、想像もつかない。快楽に溶けた、浅ましい顔をしているのかもしれない。それを真行寺や乃木に見られたら、幻滅《げんめつ》されてしまうかもしれない。

恭は、いやいやと首を振った。

「恭さん、大丈夫」

恭の腰を抱いた千尋が、膝の上で恭の体を跳ねさせるように腰を突き上げながら囁いた。

「恭さん、すごい、可愛いから——……ホントは、俺以外には、見せたくないくらい」

不安を見透かしたように囁くと、千尋は恭の体を反転させた。

「ひ、ぁ……っやぁ、っ⁉」

体内で千尋の怒張が反転すると、体内をぐりっとまんべんなくえぐられたように感じて恭は身悶えた。しかし千尋が背後に回ってしまったせいで寄る辺《べ》がない。宙を掻いた手を、乃木が摑んだ。

「！」

恭が顔を上げると、乃木はまるで恭の前に跪くようにして、目線を合わせた。

千尋が、背後から恭の両腿を開いて、高く抱え上げる。

「ぁ、あ……っあ、やっ……ぁあ、ンぁ、っ千尋くん、……っ」

根本まで、千尋が入ってくる。熱くなってビクビクと震え、硬く、大きくなった千尋自身が。

背筋を反らし、両腕で乃木に縋りつくと、恭は下肢を突き出して千尋を貪るように腰を揺らめかせた。

「真行寺くんにイかされた直後なのに、千尋くんに犯されて、もうこんなにして……いけないない大家さんですね」

千尋が両腿を抱え上げたせいであらわになった恭の濡れそぼった性器に、乃木が手を伸ばす。

「ぁ、やっ……乃木さ、だめ、だめ……いやです、そこ、は、ぁっ……！」

うわずった声で訴える恭の瞳は、知らず涙で濡れていた。

それを満足そうに見つめながら、乃木の指先が恭の肉棒に触れる。

「ゃ、――……っぁあ、っぁ、んあ、ああっ、あ――……！」

乃木は、恭のものにそっと手を添えただけだ。

それなのに、恭は過敏に腰をビクビクと大きく震わせて、精を噴き上げてしまった。

正面に跪いた、乃木に向かって。

「……っ恭さん、――ぁ、恭さん、……っ恭さん、っ」

千尋が、腰を浮かせて恭の体を激しく抽送し始めた。

「んぁ、あ――……っぁあ、あっあ……ちひろく、待っ……ぁ、あ、っちょ……ぁ、あっ」

たて続けに射精したばかりの体内を掻き回されるように貫かれて、平気ではいられない。

それも、上体は乃木に縋りついて身も世もない声を上げ、下肢は膝が浮くほど高く抱え上げられて
千尋の自由にされて。

「そん、なに……っしな、で……っ、ちひろ、く……っんぁ、あ、ぁあ、っ」

千尋が腰を打ち付けてくるたびに、ぬかるみを穿《くじ》るような卑猥《ひわい》な音が響いてくる。思わず耳を覆いたくなるほど恥ずかしいのに、千尋が恭の中を突き上げてくるたび、恭はますます体の奥深くが疼くのを感じた。

もっと、もっと乱暴に掻き回して欲しいと望んでしまう。

もう頭の中は真っ白で何も考えられない。

乃木にしがみつき、千尋に犯される恭の体を真行寺の掌がいじる。まるで恭を崇《あが》めているかのようなうやうやしい手つきで。

「ぁ、もう――……っもう、出ます、恭さん、イク、……ィク、……っ！」

千尋が、食いしばった歯の隙間から切なげな声を上げて恭の腰を強く引き寄せた。

「ああ、――……ア、あ……――っ！」

真行寺より更に奥を、千尋が荒々しく突き上げる。

恭の下腹部を深々と突き上げた千尋の熱がまるで暴発でもするように大きくかさを広げたかと思うと、勢いよく精液が迸《ほとばし》った。

今度はわかる。

恭の中で、千尋の肉棒がビクビクと跳ねながらイッている。

「恭さん、……っ恭さん、好きです、俺、……っ好きです」

うわごとのように繰り返しながら、恭の体をきつく抱きしめて千尋が何度も腰を震わせる。

千尋が恭の中でとめどなく精を溢れさせるたびに、恭の体は痙攣した。

「う、ん……っ千尋くん、僕も……――」

恭はだらしなく緩んでしまう、唾液に濡れた唇で、つぶやいた。

しがみつくような千尋の腕にそっと触れると、千尋の力がゆっくりほどけていく。吐精して、弛緩《しかん》していってるんだろう。

ずる、とその場に倒れ込みそうな千尋を恭が振り返ろうとすると、その肩を乃木に掴まれた。

「っ、乃木、さ……――ッ」

その顔を仰ぐよりも早く、恭は乃木に抱き寄せられていた。

背後で、千尋が突き飛ばされたような気さえする。それを振り返って気遣いたいが、乃木の腕が強くて身動きも取れない。それでなくても恭の体にはもうほとんど力が入らなくなっているのに。

「乃、木さん……？」

きつく抱きしめられた乃木の胸の中で、恭は乃木の心音を聞いていた。

鼓動が速い。

恭だって息が上がっているのに、その恭が聞いているだけでも苦しくなる。

いつも沈着冷静で、時に意地悪なくらいの乃木がこんなふうになるなんて。

恭が乃木を窺おうとすると、乃木の掌が恭の腰に滑り降りた。

「っ、！」

あっと声を上げる間もなかった。

恭が次に乃木の顔を見上げた時には、恭は片足を乃木に担《かつ》がれるように抱え上げられた格好で、背後に突き倒されていた。

「乃木さん、もっと恭さんを大事に扱ってくださいよ！」

千尋が不服そうな声を上げる。しかし、乃木は千尋を一瞥もしなかった。

強引に床の上に押し倒した恭だけを、じっと見つめている。

恭の息が詰まるくらい、熱っぽい目で。

「の、――……乃木、さ……」

片足の膝を乃木の腕にかけられて、大きく開かされた股の間から大量に注ぎ込まれた千尋の残滓《ざんし》がどろりと溢れてくる。真行寺のものも入り混じってるだろう。

自然と、恭はこのまま更に乃木のものも注ぎ込まれるのかと想像――あるいは期待をして、ひとりでに下肢をヒクつかせた。

それを察したように、乃木が双眸を細めて微笑む。

「……挿れて欲しいですか？」

逃げられないように恭を床の上に押さえつけて、乃木が低く囁いた。

有無を言わさず、恭の性感を舌先でチロチロとくすぐるような声。耳元で囁かれたそれは、恭だけにしか聞こえなかったかもしれない。

「……っ」

恭はかあっと顔を熱くして、乃木の顔を睨みつけるように見た。

乃木は微笑んでいる。

いつもは潔癖《けっぺき》そうに怜悧な表情を浮かべているだけに、少し微笑むだけでやたらと妖艶《ようえん》に見えた。

もしかしたら、恭が今発情しておかしくなっているからそう見えるだけかもしれないけど。

「挿れて欲しいなら、おねだりしなければいけませんよ。私は真行寺くんや千尋くんのように優しくはありませんから」

濡れそぼった恭の背後に怒張の先端を擦りつけながら、乃木は言った。

乃木のものも、すでに恭の唾液で糸を引くほど濡れている。それがすり合わせられれば、乃木が少し身じろいだだけで恭の中に入ってしまいそうなのに。

「乃木、さん……っ」

意志に関係なく、恭の体が大きくぶるっと震え上がった。

それを宥めるように、乃木の掌が恭の前髪を優しく掻き上げるように撫でた。

「さあ、恭。……おねだりしてごらん」

深い囁きとともに乃木の唇が近づいてきて、恭は反射的に首を伸ばした。

しかし乃木のキスは恭の唇には落ちず、目元と頬、口端を点々となぞっていくだけだ。恭はどうしようもなくじれったくなって、乃木のワイシャツの肩口を握りしめた。

「ほら、どうして欲しいんですか？　私は意地悪をしているんじゃありません。君が望めば、何だってしてあげるのに」

息をしゃくりあげ、唇を震わせる恭をおかしそうに笑いながら乃木が嘯《うそぶ》く。

「——……くだ、さい……っ」

恭がぎゅっと目を瞑ると、こめかみを涙が伝った。

もう我慢できない。

真行寺と千尋に火をつけられた体が熱くて、もっと、もっと欲しくなってしまう。

「ください……っ、乃木、さんの——……っ！」

恥ずかしさで涙に震えた声で訴え、濡れた睫毛をおそるおそる上げる。

恭の涙で霞んだ視界が乃木の顔を捉えるよりも早く、——乃木が、腰を進めてきた。

「ぁ、——……っ」

ぐぷっとぬかるんだ音とともに乃木が恭の中を突き上げると、恭の中を満たしていた二人の精液が押し出されて恭の双丘を伝っていく。

その滴りさえ恭の体を愛撫《あいぶ》するようで、恭は床の上で背を反らして目を瞠った。

「ぁ、あ……っ乃木、さ——……っ！」

いつもの乃木からは想像もつかないくらい、乃木の男根は熱かった。

恭がくわえていた時よりも、ずっと。

「っふ、……恭、お利口ですね」

吐息とともに笑って恭を褒めてくれた乃木の表情は快楽に歪んで、紅潮している。

乃木のそんな表情を見たら恭はたまらなくなって、肩を摑んでいた腕を乃木の背中に回した。

「乃木さん、もっと――……っもっと、もっと、くださ、……っ！」

こんなことを言ったらはしたないといって嫌われるかもしれない。

でも、言わないではいられない。もっと深く、もっと熱く、もっと激しく乃木と繫がりたい。真行寺と千尋の熱が残る体で。

恭の体の中で三人と一緒になることができるなんて、夢のようだ。

「ええ、――……たくさん、可愛がってあげますよ」

乃木の切なげな声が耳元で吐かれたかと思うと、乃木が大きく腰を引いた。

「ンぁ、――……ぁ、あっ……あ、ゃ、っ……！」

体内の汁を掻き出してしまうような乃木の動きに恭が床の上をのたうつ。

連続して吐精した恭のものは、内側からの刺激でずっと天を向いたままになっていた。先走りとも、射精ともつかない汁がとめどなく糸を引いて滴り続けている。

それがワイシャツについてしまうことも厭《いと》わず、乃木がすぐに恭を荒々しく突き上げた。

「ひぁ、っアあ、あ――……ぁあ、あ……っ！」

貫かれただけでどぷっと体液を溢れさせた恭が床の上を掻いて腕を伸ばすと、その手を千尋に握られた。

「恭さん、俺……あの、」

千尋の手を握り返した恭のほうが縋りつくような気持ちのはずなのに、真っ赤な顔をした千尋は必死に恭の手を握りしめている。

「千尋、くん……っ」

乃木に体を揺さぶられながら千尋が朦朧とした視線を向けると、千尋が泣き出しそうな表情を浮かべた。

「ご、——……ごめんなさい、俺っ……恭さん、見てたら」

ぎゅうっと両手に力を込めた千尋の下肢は、すでに力をみなぎらせていた。

ついさっき、恭の中で大量の精を噴き上げて、果てたばかりなのに。

恭はそれに驚きこそすれ、千尋に謝られる理由などわからなかった。千尋が謝らなければいけないのなら、恭なんてもっと、いけないはずだ。

乃木が恭の中で大きく抽送するたびに恭の全身を甘い戦慄《せんりつ》が走って、更に淫らな刺激を欲しがるようになってしまう。

「千尋くん、……大丈夫、」

息をしゃくりあげながら、恭は千尋の手を握った手をそっと下ろした。

最初は戸惑うように恭の手を離せずにいた千尋も、すぐに恭の意図に気付くと慌てて手を離した。

恭の中で濡れた千尋のものに、指を滑らせる。

千尋の腰は恭の目線より高いところにあって、どうしたらいいのか、どうしたら千尋を悦《よろこ》ばせることができるのか、あんまり自信はなかったけど。それでも、そうせずにはいられなくて恭は千尋の熱をゆっくりと撫でた。

「——……っ恭さん、っ……」

千尋が身を屈め、熱い息を吐き出した。

「恭くん」

反対側から真行寺の甘い声に呼ばれて顔を向けると、真行寺のものも屹立している。

恭がもう一方の手をそれに伸ばすと、真行寺が腰を落として恭のしやすいようにしてくれた。

「ふ、……ずいぶんと欲張りな人ですね」

両手に焼け付くような熱を握りながら息を弾ませる恭を見下ろして、乃木が苦笑を浮かべた。

恭には真意はわからないけど、それが千尋と同じようなヤキモチのように思えて——あるいは恭の希望かもしれないけど——なんだか乃木が可愛く感じた。

「君がそんなに淫らな人だと思いませんでしたよ。……私の、期待以上です」

濡れた声で囁いた乃木が、恭の下肢を抱え上げて激しく突き上げ始めた。

「イ、——……っやぁ、あっあ……っ！　ごめ、なさい……乃木さん、ふぁ、あっ……！」

乃木が腰を突き入れるたびに飛沫《ひまつ》が飛び散り、恭の部屋の床を濡らしていく。

恭を囲んだ三人の熱い吐息がこもって、室温がどんどん上がっていく。

「恭くん、……すごく気持ちいいよ」

「それにすごい、やらしい顔してます──……乃木さんのが、そんなにいいんですか？」

身も心も三人の熱で蕩かされていく顔を覗き込まれながら、恭は意識が混濁《こんだく》していくような快楽に呑み込まれ始めていた。

乃木に体内をえぐられるたびに全身を引き攣らせて、それだけが恭の意識を繋ぎ止めている。

「恭、私もたっぷり注ぎ込んであげますからね。……一滴も漏らしては、いけませんよ」

乃木が囁くと、恭はわけもわからないまま何度も首を上下に揺らした。

頭の先から爪先まで、幸福感と悦楽でひたひたと満たされていく。それが三人に注ぎ込まれたもののおかげなら、一滴も漏らしたくない。

恭が乃木をくわえ込んだままの下肢を無意識にきゅうっと締め上げると、乃木が体を震わせた。

「……まったく、君って人は」

乃木が、呆れたように小さく笑う。

そして恭の腰を乱暴に鷲摑《わしづか》みにすると、力強く腰を突き入れた。

「ひ……っぁ、ああ、っあ──……ィっちゃ……ぁ、イっちゃいます、ぃ……ッ、あ、ぁあ、あ──……っ！」

大きく仰け反った恭が掠れた声を上げながら全身を強張らせた瞬間──乃木が小さく呻き、腰をぴたりと密着させた恭の中へ勢いよく精を噴き上げた。

「ぁ……っぁあ、あっ……あ、乃木、さ……っ」

どくどくっと奔流《ほんりゅう》のように流れ込んでくる乃木の熱に溺れて恭が浅く呼吸を繰り返していると、その口元に千尋の白濁が飛び散ってきた。

「ぁ、……っ恭さん、恭さ……っぁ、あ」

千尋は恭の手に自分の手を添えて、たまらずに射精してしまったようだ。

恭は頰から顎にかけてどろりと滴り落ちる熱いものに喉を鳴らした。

もう全身が、自分のものではなくなってしまったように感じる。でも、それが心地いいし、幸せだと思う。みんなが、自分を大切にしてくれていると感じるから。

「恭くん……っ、」

切羽詰《せっぱつ》まった声で真行寺が恭の頭を抱いた。

千尋の精液に濡れた顔を真行寺の腰に上げると、先端に口付けただけで真行寺のものは大きく跳ね上がり、どっと精を噴き上げる。

今度は額の上からどろりとしたものを浴びせかけられて、恭は目を瞬かせた。

「……あぁ、今日は夕飯の前にお風呂に入らないといけませんね」

恭の中から抜け出た乃木が、恭自身の精液にも塗れてしまった恭の体を見て双眸を細めると、優しく手を差し出した。

「このまま一緒にお風呂に入りましょうか？　恭」

鉛《なまり》のように重くなった腕を伸ばして乃木に縋ろうとした恭は、慌ててその手を引っ込める。

おや、とつぶやいて乃木は心外そうにしてみせたけど。

「恭さん、俺がお風呂まで連れて行ってあげますよ」

すかさず千尋が、恭の肩を抱き上げる。

確かに千尋なら、安心かもしれないけど――でも。

「なんでだよ。千尋は恭くんの代わりに夕飯作ってろって。僕が恭くんの体をきれいにしてあげるから」

真行寺の腕が伸びてきて、千尋から恭を奪い取ろうとする。

「……君たち、」

呆れたように乃木が仲裁に入ろうと声を上げた。

でも、真行寺と千尋のじゃれ合いなんてもう慣れっこだ。恭は知らず、笑っていた。

「いいよ、もう、みんなでお風呂はいろう？」

ちょっと狭いかもしれないけど、――恭は三人みんなを、選ぶと決めたから。

恭の頭上で顔を見合わせた三人が、やがてふと気を緩めたように笑うと、次々に恭の頬に唇が落ちてきた。

最初は真行寺、それから千尋。最後に乃木。

「――これからは毎日、たくさん可愛がってあげますから。覚悟していてくださいね。私たちの、可愛い大家さん」

恭の前髪を優しく撫で上げて、乃木が囁いた。

＊　＊　＊

「わあっもう、こんな時間！　みんな急いで！」

夕食の残りの筑前煮《ちくぜんに》と、お浸し、お味噌汁。

質素な朝食を掻き込ませるように乃木と千尋を急かすと、恭は八時を回った時計を何度も見上げた。

「あーもう本当に、ごめんなさい！　僕が、寝坊したから……！」

乃木のビジネスバッグと千尋のデイパックを勝手に手に取り、すぐにでも玄関先まで見送れるように食堂の入り口で足踏みする。

「多少遅刻しても大丈夫ですよ。一時間年休を使えばいいだけです」

「こんなことで乃木さんの貴重な年休を使うわけには！」

会社まで走ってくださいね、と恭が懇願すると、乃木は困惑したように眼鏡の位置を直した。

「乃木さんは年休ありあまってるんだからいいんじゃない？」

帰宅したばかりの真行寺は優雅に朝食を食べながら、この慌ただしいのにご飯をお代わりした千尋に「ねえ」と同意を求めた。

「……あ、でもその休みまとめて取れたら、みんなで旅行とか行けますかね？」

お味噌汁でご飯を流し込んだ千尋が言うと、真行寺と乃木が、千尋を見遣った。

「千尋くん、……たまにはいいこと言いますね」

「千尋のくせに」

「なんですかそれ！」

足踏みをしていた恭も、思わず千尋の提案に目を瞬かせてしまっていた。

みんなで旅行だなんて考えたこともなかったけど、もし実現できたら——想像するだけで、幸せな気持ちになってくる。

「ねえ恭さん、どこ行きたいですか？」

頬に米粒をつけた千尋が、満面の笑みで恭を振り向く。

「えっと、僕は……うーん、温泉とか……あ、尾瀬《おぜ》もいいかな。京都《きょうと》とかもゆっくり回ってみたいし……、みんなと行けるならどこだって楽し——」

そこまで言って、恭ははっと時計を見上げた。

「って、旅行に行くためにも急いでくださいーっ！」

恭が声を上げると、千尋が椅子から転げ落ちるようにして食堂を飛び出る。乃木もそれに続いた。

「乃木さん、忘れ物ないですか？　千尋くん、お財布持った？」

玄関先でそれぞれにカバンを渡して最終確認をすると、千尋がポケットを確認しながら、肯く。

「今日も定時で帰ります」

「俺は、三時くらいかなあ」

いつの間にか真行寺も玄関まで見送りに出てきている。

「今朝は僕が寝坊したせいでバタバタしちゃって、ごめんなさい。お夕飯はちゃんと作りますから」

真行寺にもまとめて頭を下げると、その髪を千尋が宥めるように撫でた。

「しょうがないよ。気にしないでください」

「そうそう、昨日は乃木さんが離してくれなかったんでしょ？」

「……！」

かっと顔を赤くした恭が目を瞠ると、乃木と目が合った。

今でこそ眼鏡をかけて髪を後ろに撫で付け、相変わらずの怜悧な表情を浮かべているけど、数時間前までは恭がもう許してくださいと何度懇願しても執拗に責め上げ、恭が失神するまで何度も絶頂にのぼり詰めさせられた。

汗と体液に濡れて支配的な笑みを浮かべた乃木の夜の顔を思い出すと、恭は体の芯がじんと熱くなった。

「今日は俺の番ですよねっ。恭さん、急いで帰ってくるから、夕飯早めに作って、たくさんイチャイチャしましょーねっ！」

顔を熱くしてうつむいた恭の顔を覗き込んで、千尋が屈託のない笑顔を浮かべる。

あの日以来、ことり荘には新しい協定が結ばれた。

水曜日は乃木、木曜日は千尋で、月曜日は真行寺の部屋で恭が寝泊まりすること。その日だけは、恭を独占できるという協定だ。

そうでもしないと、いつもあんなふうに——三人を同時に相手にしようとすれば、恭の大家業がままならなくなってしまう。

もっとも、新しい協定の下でも恭はこうして寝坊してしまっているのだけど。

新しい協定では、禁止事項を破ったからといってことり荘を追い出されたりはしない。

恭の大好きな三人とも、一人だって、欠けて欲しくなんてないからだ。みんなが望む限り、恭が望む限り、ずっと一緒にいたい。

家族よりももっとずっと愛しい、大切な相手として。

「千尋もたいがい、しつこいからなあ……もーちょっと恭くんの体のこと考えてあげらんないの？」

「真行寺くん、本音を言ってくださいい」

「僕の番までに恭くんが枯れ果てちゃったらどうするんだよ！」

真行寺の包み隠さない本音に、千尋が声を上げて笑った。乃木も呆れたふうを装いつつ、愉快そう

にしている。

「あーもうっ、早く！　遅刻しちゃいますよ！」

恭が恥ずかしさでいたたまれなくなる前に追い出してしまおうと千尋と乃木の肩を押すと、反対に二人の腕が伸びてきた。

「行ってきます、恭さん」

「行ってまいります」

体を引き寄せられ、両頬にキスを受ける。

恭は一瞬目を瞬かせてから、恥ずかしさと一緒に込み上げてくる幸福感に、思わず表情を綻ばせた。

「……行ってらっしゃい！」

バーことり荘へようこそ

「真行寺《しんぎょうじ》さん、もう……っ、だめ」

カーテンを締め切られた、薄暗い室内。

もっとも、カーテンの向こうも既に夕闇《ゆうやみ》が迫ってきている時間帯だ。

夕飯準備の手を止めて真行寺を起こしに来た恭《きょう》は、ベッドに引きずりこまれていた。

「そんな可愛《かわい》い声でダメって言われても、止められないの、わかってるくせに」

至近距離で囁《ささや》かれる真行寺の声は甘く、くぐもって聞こえる。怪しく笑う振動も、恭は全身で感じていた。

「これから、お仕事でしょう？　僕はそのために、起こしにきたのに」

真行寺の香りが充満したベッドの中で、恭は既にエプロンを解かれている。

寄る辺とばかりに必死で握りしめたままのおたまの背を、目の前の真行寺の唇に押し付けると、真行寺が眉《まゆ》を眇《すが》めた。

「……今日は肉じゃが？」

「当たりです」

おたまに残っている味を舐《な》めとったのだろう真行寺に笑ってうなずくと、真行寺もくすくすと声をあげて笑う。

「僕のぶん、朝まで残しておいて」

おたまから口を離した真行寺が、恭の首筋に顔を埋《うず》める。

「もちろん、たくさん作ったので……って、もう、真行寺……っさん！」

真行寺の掌《てのひら》が、エプロンを外した恭の腰を這《は》い上がってきて、恭は身じろいだ。

ベッドの中で足を絡《から》めるように体を重ねていては、身をよじる程度にしかならないけど。

「恭くん、いい匂《にお》い」

首筋にちゅっちゅっと啄《ついば》むようなキスを落としながら、真行寺が大きく息を吸い込む。恭は、首を竦《すく》めて小さく首を振った。

「そんな……っやめてください、昨日お風呂入ったきり、だし」

今日は日中天気が良くて、三人分の布団を干していたら結構汗をかいてしまったし。

恭が真行寺の肩を押しやって逃れようとすると、その手を摑《つか》まれた。

「もっと恭くんの香りに溺《おぼ》れたいな。……だめ？」

両手をベッドに縫い付けられて、真行寺の蕩《とろ》けるような瞳《ひとみ》に間近で射抜かれる。

恭は思わず、一瞬息を呑《の》んだ。

真行寺にこんな目で見つめられてどうにかならない人なんていないんじゃないだろうか。宝石みたいに澄んだ瞳と、すっと通った鼻、形の良い唇に視線を落として、恭は知らず、喉を鳴らしていた。

「真行寺、さん……」

だめだ。

もうじき乃木《のぎ》も千尋《ちひろ》も帰ってくるし、夕飯作りも途中なのに。

真行寺の唇がじわり、じわりと近付いてきて、赤く艶《つや》やかな唇からあふれる吐息が恭の肌をかすめる。

「だ、――……だめ」

そう言いながら、顎《あご》をぴくんと震わせてしまう。

体の芯《しん》がどうしようもなく、甘く疼《うず》いてくる。真行寺の濡《ぬ》れた舌で恭のそれを暴いてほしい。きつく吸い上げて、甘く転がして、恭が啜《すす》り泣くまで舐められたい。

――一度覚えてしまった快楽は、恭をすぐに恍惚《こうこつ》とさせてしまう。

「ちょっとだけだから、……恭くん。僕は恭くんがいないと、生きていけないんだよ」

真行寺の長い睫毛《まつげ》が頬《ほお》の上に長い影を作って、伏せられた。

か細い、哀願するような声でそんなことを言われたら無碍《むげ》に突っぱねることなんてできない。

恭は胸が締め付けられるような愛しさに揺り動かされて、真行寺の手に指を絡めた。

「もう、……ちょっとだけ、ですよ？」

乃木や千尋が、帰ってくるまで。ちょっとだけだから。

恭が言うと、真行寺はふわりと天使が羽根を広げたかのように優しく笑って、恭の唇を柔らかく吸い上げ――……

「真行寺さん！」

瞬間。

恭が目を見開くと、真行寺もぎょっとして反射的に顔を引いた。

「なんか、焦《こ》げ臭《くさ》くないですか……！」

繋いだ手を振りほどき、ベッドから転げるように飛び出す。

真行寺はそれを引き止めるように手を伸ばしたものの、――くん、と鼻を鳴らして、顔を顰《ひそ》めた。

「……恭くん、肉じゃがの火、止めてきた？」

「――……！」

＊　＊　＊

「す、……すみません……」

消し炭と化した両手鍋を前に、恭は店子たちに頭を下げた。

台所はおろか、食堂、一階全体には香ばしい匂いが充満していて、さっき帰宅したばかりの乃木が言うことには近所まで漂ってきていたという。

「謝るのは恭さんじゃなくて真行寺さんですよ！」

千尋が必死でフォローしてくれればくれるほど、申し訳なさが募ってくる。

真行寺にほだされてみんなの夕飯を駄目にしたなんて、大家としての自覚が足りない。恭はみんなの恋人である前に、きちんとした大家でなくてはいけない、はずなのに。

「だいたい今日は真行寺さんの番じゃないのに、何勝手に恭さんとイチャイチャしてるんですか！」

「うるさいな、お前だってこの間恭くんとお風呂入ってただろ。知ってるんだからな」

「っ違、アレは、だって、買い物の帰り雨に降られちゃったから……！　俺は恭さんを先にお風呂に入れようと思ったんだけど、恭さんが、それじゃ千尋くんが風邪引いちゃうでしょって……！」

千尋があたふたと意味もなく両手を彷徨《さまよ》わせながら弁解すると、腕を組んだ真行寺が目を座らせてしらっと千尋を見下ろした。

「へ～え？　それで、風呂の中で何もしなかったって言えるのか？　したんだろ？　キスはしただろ。どこに？　正直に言えよ」

「真行寺さんっ！」

やましい気持ちを押し隠すように声を上げた千尋と、恥ずかしさに耐えられなくなった恭の声が、重なった。

真行寺が肩をすくめて、押し黙る。

「とにかく、小火《ボヤ》にならずに済んだのが幸いです」

小さくため息をついた乃木の顔が、疲れて見える。

外で働いてきて、本当ならゆっくりお風呂に入って夕飯を食べて、のんびりとした週末の夜を過ごすはずがこんなことになったのだから当然といえば当然だろう。

「……本当に、すみません」

今にも穴が空きそうな鍋を手にした乃木に恭が改めて頭を下げると、その頭をくしゃっと撫《な》でられた。

「大丈夫ですよ。俺も手伝うから、すぐに新しくご飯を作りましょう」

ね、と懐こい笑顔を浮かべた千尋が恭の顔を覗《のぞ》きこんでくる。

恭は、ますます肩を窄《すぼ》めて深くうつむいた。

「それが……」

「恭くん、肉じゃがを作るのに熱中しすぎてご飯も炊《た》けてないんだって」

穴があったら入りたいとはまさにこのことだ。

昼間、何気なく見ていたテレビで料理研究家が教えてくれた肉じゃがの隠し味を試してみたくて、夕飯を肉じゃがにしたのに。

千尋や乃木が喜んでくれる顔を想像して夢中になるあまり、それ以外を全く用意していなかった。

「……ごめんなさい」

「夕飯になりそうな食材も他にありませんね」

台所を覗いた乃木が、冷蔵庫を開いて無情に呟《つぶや》く。

いっそみんなが恭を責め立ててくれればまだ救われる。

フォローの言葉をなくした千尋のうろたえる気配が心苦しい。きっと、お腹をすかせて帰って来たに違いないのに。

「……たまには外に食べに行きましょうか」

パタン、と音を立てて冷蔵庫の扉を閉めた乃木が言うと、千尋が恭の隣で手を叩《たた》いた。

「ねえ、じゃあ真行寺さんのお店行きませんか？」

恭は顔を上げて、千尋を仰いだ。

満面の笑みを浮かべた千尋と目が合う。

逆に顔を曇らせたのは、真行寺だった。

「は？」

「真行寺さんのお店、簡単な食事も出してるんでしょ？」

真行寺の表情は、険しい。

あまり歓迎はされてないようだ。元はといえば恭が悪いんだから、真行寺に迷惑をかけるのは申し訳ないけど、でも、一度真行寺のお店に行ってみたかった。

こんなことでもなければ、もしかしたら行く機会はないかもしれない。——本当ならもっとポジティブな機会のほうがずっと良かったけど。

「恭くんだけならいいけど、乃木さんと千尋はそのへんで牛丼でも買ってくればいいじゃん」

真行寺の手がするりと恭の肩に回ってくる。

そういえば、真行寺もそろそろ出勤しなくてはいけない時間だ。時計を仰いだ恭の頬に、真行寺の唇が落ちてきた。

「恭くんは、僕のお店一度来てみたいって言ってたでしょ？　……大丈夫、悪い虫がつかないように、僕がつきっきりで接客してあげるから。一晩中」

だから一緒に行こうか、と真行寺が恭の体を抱き上げようとすると、その腕を千尋が摑んだ。

「真行寺さんのせいで肉じゃが食べられないいんですよ？　責任とって美味《うま》いもん食わせてくださいよ！」

「うちはバーなんだから千尋みたいな大食らいに食べさせるようなものはないよ」

恭がバーに行ったことなんて過去に一度あるきりだけど、確かにクラッカーやナッツ類など、軽いおつまみがあるくらいで、ボリュームのある食事というとイメージがない。

でも。

「……食材は、あるよね？」

ぽつり、と恭が呟くと、睨み合った千尋と真行寺が恭を見下ろした。

「図々しいお願いで申し訳ないんだけど、お金は払うので、その……食材だけ、貸してもらえないかな？　あと、場所も……」

吹きこぼれ、黒焦げになったガスレンジを指して恭が首を竦めると、千尋と真行寺が顔を見合わせた。

真行寺のバーは、利用者の多いハブ駅から遠くなく、しかし静かな裏通りに面したビルの半地下にあって、雰囲気のあるいいお店だった。

店内はモノクロを基調とした直線的なデザインで構成されていて、ところどころにアクセントのように赤が差し込まれている。

壁にかかった幾何学的《きかがく》なオブジェも大人っぽくて、お店に入った途端、恭は「真行寺っぽい」と感じた。

落ち着いたバーだとは思ってたし、しかもお客さんは真行寺のファンがほとんどだから、真行寺の働く姿は確かに見たいと思っていたけど、もっと緊張するかと思っていた。

でも、間接照明に彩られた店内は、まるで真行寺の腕の中に包まれているのと同じくらい、落ち着いた。

お店全体が、まるで真行寺みたいだ。

これならファンが増えるのも当たり前だという感じがする。

「……ふふ」

恭は思わず、笑みを零《こぼ》した。

店内は、若い女性でいっぱいだ。でも誰もきゃあきゃあと騒ぐことなく、言葉少なにうっとりとしている。

「恭くん、何を笑ってるの？」

真行寺のバーテンダー姿は思った通り、スラっとしていて美しい。

しっかりとプレスの効いたパンツにパリっとした白いカラーシャツ。細腰を更に引き締める漆黒《しっこく》のベストと、首元のクロスタイ。

いつも下ろしている髪を後ろで無造作にくくっているせいで見える首筋も、カウンターの薄暗い照明に映えている。

「えーっと、……内緒です」

やっぱり真行寺さんは格好いいなあ、なんて、こんなところで言うわけにはいかない。

周りは真行寺のファンばかりなんだから。

恭は、腰から下を覆《おお》うソムリエエプロンを借りてカウンターの隅にお邪魔していた。

細長い店内を縦断するように伸びた黒光りするカウンターにも、お客さんは点在している。

本来ならここが真っ先に埋まるはず、らしい。それはそうだ。真行寺を間近で見れる特等席なんだから。

でも、今日はワケが違う。

「お待たせいたしました、こちら本日限定のメニューでございます」

恭の作ったミモザサラダをボックス席に運ぶのは、襟のついた胸当てエプロンをつけた乃木だ。

会社帰りの服装のまま、スーツの上着を脱ぎ、ネクタイを解いてエプロンをつけただけで急に夜の雰囲気をまとって見える。

カウンターで恭が作った料理を給仕する立ち居振る舞いも、まるで熟練のマスターのようだ。

「あのっ、……新しい、バーテンダーの方ですか？」

ボックス席で注文を追加した女性が、頬を上気させながら乃木の怜悧《れいり》な顔を仰ぐ。

真行寺のいるカウンターではなく、乃木が運んでくれるボックス席を選びたくもなる気持ちは、恭にもわかった。

日本人離れした真行寺の甘いマスクと、乃木の一見冷たくも見えるストイックそうな顔立ちは、ジャンルが違う。

それに、乃木の切れ長の瞳と後ろに撫で付けた黒髪、物静かで落ち着いた低い声は、とてもただの会社員とは思えない。

いつもはそんなこと考えもしないのに、バーという場所で乃木を改めて見ると、ドキドキするくらいに妖《あや》しい雰囲気を醸し出している。

そう感じるのは、恭が乃木のベッドの中での姿を見た後だからなのかもしれない。

いや、でも店内の女性たちが真行寺だけでなく乃木をもうっとりと見つめているのだから、恭だけの問題でもないのか。

「真行寺さん、あちらのテーブルにカクテル二杯、お任せで」

奥のテーブル席から走ってきたのは、恭と同じソムリエエプロンを着けた千尋だ。恭が軽食を作る手を止めて千尋の来た方を見ると、少し年上の女性が千尋に手を振っている。千尋もそれに気付くと手を振り返す。

「お前さ、うちは落ち着いたバーなんだからあんまりバタバタ走ったりするなよ」

カクテルグラスを磨く手を止めて、真行寺が小さな声で千尋に注意をする。

確かに千尋は乃木のようにこのバーの空気に馴染《なじ》んでいないかもしれないけど、お客さんには可愛がられているようだ。

もっとも、千尋だって黙って立っていれば長身に凜々《りり》しい顔立ちで、こざっぱりと爽《さわ》やかな……でもやっぱり、千尋に夜のお店は似合わないかもしれない。

恭がこのお店に到着した時、こっそりと場所だけ借りて軽食を作るつもりだったのに、あまりの忙しさに乃木が借り出され、それも千尋も加わった。

いつもはこのお店を真行寺と、もう一人くらいで回しているという。今夜は恭が来るからという理由で、真行寺がもう一人の従業員を早々に帰してしまったけど、一体このお店を二人だけでどうやって捌《さば》いているんだろう。

恭が不思議がると、真行寺は呆《あき》れたように、

「今日は忙しすぎるよ」

と複雑そうに呟いた。

ボックス席を主に乃木が、お店の奥にあるテーブル席を千尋が、そしてカウンター席を真行寺が担当する形で、注文が絶えない。

自分たちのご飯だけ作らせてもらうはずだった恭もいつの間にかおつまみやサラダを作るはめになって、追加注文は増える一方だ。

「今日はイベントか何かなの？」

カウンターについた常連客らしい女性が、盛況な店内を見回して笑った。

「すみません、彼らは僕の同居人なんです」

真行寺がシェーカーを振りながら小さく微笑むと、女性は目を瞬かせた。

「あら、冬生《とうい》くんが笑うなんて珍しい」

そうなんだ。

恭は思わずカナッペを作る手を止めて、真行寺の顔をうかがった。

真行寺は、千尋ほどではないもののよく笑うほうだと思っていたけど。今日だって、あんなに優しく微笑《ほほえ》んで見せてくれたのに。

「……恭くん、そんなに見つめないでよ」

真行寺が照れ臭そうに顔を背けると、女性客がますます身を乗り出す。

「すごい、冬生くんもそんな顔することがあるのね。人形みたいな顔しかしないと思ってた」

気がつくと、さっきまで乃木や千尋に夢中だった店内の女性たちもカウンターの真行寺を見ている。

恭が見慣れたと思っていた真行寺の表情が、珍しいようだ。

確かに恭も、打ち解ける前は真行寺に表情があるなんて思ってなかった。それがやがて解けるように感情を見せてくれるようになって、恭はすごく嬉しくなったものだ。

お客さんたちも、そんなふうに感じているのかと思うと、他人事《ひとごと》じゃない。

「ねえ、あなたも冬生くんと一緒に暮らしているの？」

どことなく興奮した口調で女性が恭を振り向いた。

「はい。僕は真行寺さんたちの大家で、小鳥恭《ことりきょう》といいます」

いつも真行寺さんがお世話になってます、と恭が頭を下げると、それを見ていた千尋がテーブル席のお客さんと何か話している声が聞こえてきた。

乃木もカウンターを向いている。

「大家さん？　……あら、ずいぶん可愛い大家さんね」

目を瞬《しばた》かせる女性に、恭はもう一度小さく頭を下げた。

確かに恭が大家だと言っても、あまりにも威厳《いげん》がなさすぎてそうは見えないだろう。実際、あまり大家といえるほどの働きができてるとも思えない。今は。いつかは、きちんとできるようになりたいけど。

「橘《たちばな》さん、僕の大家さんには手つけちゃだめですよ？」

不慣れな手つきでカナッペを作る恭を見つめる女性の視線を遮《さえぎ》るように、真行寺が腕を伸ばしてきた。

「真行寺さん」

お客さんに対して、そんなこと。

恭が目を丸くすると、女性客も困ったように眉尻《まゆじり》を下げて笑った。

「僕のって、そんな……大袈裟《おおげさ》ねえ」

女性の背後から、乃木がそっと手をかける。

乃木を振り返った女性は、まんざらでもない表情で乃木を仰いだ。

「そうですよ、真行寺くん。小島くんがお客様とお話するくらいでやきもちを焼くだなんて、みっともない」

「……乃木さんに言われたくないんだけど」

真行寺が低い声で唸る。確かにそうだ、と恭はどちらの言葉にも大きく肯いた。

「大体、君がそんなに小島くんにご執心だと知ったらお客様ががっかりされてしまいますよ」

ねえ、と乃木がボックス席の女性に同意を求めるように視線を流すと、まるで乃木信者のようになった女性たちが曖昧《あいまい》にうなずいた。

「そんなこと言って、僕と恭くんを引き離したいだけじゃないか。見え見えなんだよ、腹黒」

真行寺が恭にだけ聞こえるような小さな声で呟く。

乃木のことだから、真行寺の考えすぎだよとも言い切れない。とはいえ、真行寺のファンの前で真行寺に優しくされるのは気がひけるのも事実だ。

「そうですよ！　それに、恭さんは真行寺さん一人のものじゃなくて、みんなの恋人でしょ？」

そこ、大事ですから！　と千尋が店の奥から高らかに宣言すると、店内の女性が一斉に恭に注目したような気がした。

目を瞠《みは》った恭に振り向かれた千尋が、「あっ」と慌てて両手で口をふさいでも、もう遅い。

恭は女性たちの射抜くような視線に晒されて、さーっと血の気が引いていくような気がした。

「恋人、……って……」

カウンターの女性が、絞り出したような声で呟く。

恭は、思わずカウンターの下にしゃがみこんで、頭を抱えた。

＊　＊　＊

「すみませんっっっ！」

カウンターに額を擦り付けるようにして、千尋が頭を下げた。

終電の時間が過ぎ、真行寺の同居人関係を怪しむお客さんたちを何とかやり過ごしきって、四人きりになった店内に千尋の声が響き渡る。

「俺……ホント、口が滑って」

千尋は頭を下げたまま、声が震えている。

「千尋くん、いいから……顔を上げて」

大丈夫とはいえないけど、それは千尋自身だって同じ事だ。

あの時店内に千尋の同級生はいなかったようだけど、どこで話が巡り巡って千尋の同級生の耳に入るかわからない。

「私はまあ……会社にカミングアウトしていませんが、もしどこかで知れてしまったら、その時はその時です。それよりも……真行寺くんが」

乃木はあの直後も狼狽《ろうばい》した様子なく、自慢の鉄仮面でお客さんの好奇の目をスルーしていた。

「うーん、まあ……過ぎてしまったことだし。恭くんに身の危険さえなければ、別にいいよ」

真行寺は乃木にウイスキーを差し出しながら、けろりとしている。

意外だった。

確かに真行寺のバーテンダーとしての腕は一流だけど、この店はちょっとした人気商売的なところもある。それが、男の恋人がいるなんて知れたら——それも、同居しているなんて——女性ファンが減ってしまうと危惧《きぐ》するかと思ったのに。

「何がどうまかり間違っても、僕が恭くん以外の人と付き合うことはもうないんだから。それを隠さずに済むのは、少しせいせいしたかな」

真行寺のグレーがかった瞳が恭を見つめて、微笑む。

自分が最後の恋人だなんて言われると、ちょっと面映《おもは》い。恭は視線を伏せて、首を竦めた。

「真行寺さんっていい人だったんですね……！　ありがとうございます！」

がばっと顔を上げた千尋が感激して真行寺の手を握ろうとすると、真行寺がそっけなくそれを避《よ》けた。

千尋が豪快《ごうかい》にカウンターに突っ伏す。

「それより、千尋くんは大丈夫なの？」

千尋に首をひねった恭の前に、新しいグラスが差し出された。

お店がはけてようやく一息ついた恭に、真行寺が恭をイメージして作ってくれたカクテルだ。ほんのり赤くて甘酸っぱい、口当たりのさわやかなカクテルは恭の喉《のど》の渇きを癒《いや》してくれて、ごくごく飲める。

「え、俺は大丈夫ですよ。恭さんを好きな気持ちは誰にも負けませんから！」

「そういうこと聞いてんじゃないだろ」

真行寺が呆れたように言う。

恭も思わず苦笑したけど、わからないでもない。

恭も、いつかはウメに店子たちとの関係をちゃんと話したいと思っている。三人ともをとても大切に思っていること、ずっと一緒にいられたらと思っていることを話せば、ウメならわかってくれると信じていた。

できたら、いずれは商店街の人達にも知ってもらいたいくらい。

こんな形でうっかりバレるのはちょっと困るけど、いつか、みんなに祝福されるようじゃなくても、認めてもらえたらと思う。

そんな日が来ることを、考えるだけで心が弾んでくる。

「……小島くん、大丈夫ですか。さっきからお酒が進んでいるようですが」

「え？」

不意に乃木に肩を抑えられて、恭は目を瞬かせた。

両手を添えて傾けたコリンズグラスの中身は、既に半分ほどまで減っていた。さっき新しく入れてもらったばかりなのに。

ちょっともったいない飲み方をしてしまったかな、とグラスを置くと、頭がくらっとした。

そういえば、このグラスで何杯目だろう。

千尋が涙目で謝っている間も、恭はお客さんたちにバレてしまった恥ずかしさをごまかすようにカクテルを呷《あお》っていたような気がする。

それも、空腹のまま。

……顔が熱い。

「恭」

乃木が、恭の肩を抱いた手にわずかに力を入れると、世界が回るようにぐらんとして恭は乃木の胸に顔をうずめていた。

「あ、……あれ……？」

慌てて体を離そうとしても、腕に力が入らない。

胸がドキドキして、熱でもあるみたいにぼうっとする。

「恭くん、お酒弱かったの？　ぐいぐい飲むから、イケるくちなのかと……」

ごめん、と真行寺があわててお冷《ひや》を用意してくれる。

でも、それにうっかり手を伸ばしたらこぼしてしまいそうだ。今は乃木の胸についた手に力も入らない。

「よわく、……ない、です、けろ……ひさしぶり、に、飲んだ、から」

頭の中がふわんふわんとして、呂律《ろれつ》も回らなくなってきた。

こんなになるまで気付かないなんて、と焦る気持ちが恭の鼓動《こどう》をますます早めた。

「乃木さん、……あの、……ごめんなさい、ぼく」

乃木のシャツから漂ってくるハーブの香りが、熱っぽい体に心地いい。

恭は、潤《うる》んだ瞳で乃木を見上げた。

「っちょっと、恭さん！　その顔はやばいですよ！」

背後から焦ったような千尋の声が聞こえる。

「え……？　なに？」

もたもたとした動きでそっちを振り返ろうとすると、恭の肩を抱く乃木の腕の力が強くなった。拘束されるように。

「恭、気持ち悪くはありませんか。トイレに行きましょう」

至近距離で恭の顔を覗いた乃木は、いつの間にか眼鏡を外している。

吐息がかかるほど近くに寄せた乃木の唇からはウイスキーの香りがした。それに惹《ひ》き寄せられて恭が無意識のうちに唇を寄せようとすると、冷たい掌がそれを引き剝《は》がした。

「何がトイレだよ！　ここはアンタがいつも行くようなゲイバーじゃないんだから、恭くん連れ込んで変なことしないでくれないかな」

「変なこととは？　この店は客が手洗いに立つこともできないんですか？」

乃木から引き離された恭がふらふらと体を倒すと、千尋の腕の中に収まった。

千尋はずっと炭酸水を飲んでいて、酔ったふうはない。いつもと変わらない千尋の無垢《むく》な顔を見上げると、恭は、ことんとその胸に頭を預けた。

「恭さん、大丈夫ですか？」

いい子いい子、と撫でてくれる千尋の手が心地いい。

熱っぽくなった目蓋《まぶた》を落として、眠ってしまいそうになる。

「ただトイレに立つだけじゃないだろ！」

「心外ですね。小島くんが具合悪そうにしているので、介抱ですよ。だいたい君が、強いカクテルを出したからいけないんじゃないですか」

「じゃあ僕が責任持って恭くんを介抱する」

「ああ、それが目的だったんですね。バーテンダーであることをいいことに、彼をいいようにしようだなんて」

「アンタに言われたくないんだけど！　だいたいアンタは存在自体がいかがわしいんだよ！」

乃木と真行寺の喧嘩《けんか》は止まりそうにない。

でもなんだかそれも仲の良い証なのかもしれないと思えてくる。乃木の存在自体がいかがわしいだなんて、仲が良くないとなかなか言えない。真行寺が乃木をよく見ている証拠だ。

そうして二人の睨《にら》み合いを見ていると、ちょっと妬けてもくる。

「……？　恭さん？」

恭はスツールの上の体を反転させると、体ごと千尋に向き直ってぎゅっと抱きついた。

千尋の体温が、にわかに上がった気がする。お酒も飲んでいないのに。

「乃木さんと真行寺さんがイチャイチャしてるから、ぼくも千尋くんとイチャイチャするー……」

ね、と千尋の顔を見上げる。

千尋は顔を上気させて、一瞬遅れた後、大きくうなずいた。

「は……はいっ、いっぱいイチャイチャしましょう！　恭さんっ！」

千尋に背中を強く抱き返されるとスツールから腰が滑って、千尋の膝の上に抱き上げられた。

「ちょっ……！　おい千尋！」

「恭、やめてください。私が愛してるのは君だけです」

「僕だってアンタとなんか無理無理！」

口々に言いながら千尋と恭を引き離そうとしてくる二人の息もピッタリだ。

そんなことないってわかっていても、焦る二人の反応がおかしくて恭は声を上げて笑いながらぎゅーっと千尋にしがみついた。千尋も恭を覆い隠してくれるように抱きしめてくれる。

「だって、乃木さんは男の人がすきって、言ってたし……」

「誰でもいいわけではありません」

恭がわかって言ってることを、乃木もわかってるのだろう。それでも、あの乃木が余裕をなくしている。

「恭くん、僕には、恭くんしかいないから！」

真行寺も必死で、カウンターの中から腕を伸ばしてくる。

「恭さん、仲良しの二人は放っておいて、今夜は俺が介抱してあげますからね。いーっぱい甘えてくださいねっ」

千尋は恭を腕の中に抱きしめて、唇を頬に押し付けてきた。

ふふ、と恭の唇に笑みが溢れる。なんだかみんなの声が頭の中に反響して、すごく楽しい気分になってきた。

それに、こんな状態でキスをしたり、互いの体に触れたりしたらどんなふうなのだろうと思うと興味もある。

「じゃあ、千尋くん」

恭はいつもより開放的になった気持ちを隠しもせず、千尋の顔を仰ぐとその頬を指先でなぞった。

千尋が、びくんと背筋を震わせる。

「……今日は、僕が挿《い》れていい？」

「――………、え？」

さっきまで口々に声を上げていた三人が、まるで時が止まったように静止した。

カラン、と恭の飲み干したグラスの中の氷が溶けて音をたてる。

「別に、乃木さんや真行寺さんでもいいけど」

恭が視線をすべらせると困惑したように乃木と真行寺が、顎を引いた。

恭だって男なんだから、好きな人と繋がりたいと思うのは当然のことだ。それが、どちらの立場であっても。

ぴたりと動きを止めて思い悩んでしまった三人の店子たちを前に、恭はなにかまずいことを言ったのだろうかと首をひねりながら、グラスに残ったカクテルを飲み干した。

あとがき

初めまして、茜花《さいか》ららと申します。このたびは拙著「一つ屋根の下の恋愛協定」を手にとっていただき、ありがとうございます。

個人的には、生まれて初めて総受ものを書いたので、総受スキーさんの感想が気になるところです……！

総受にもいろいろ種類があると思うのですが、イケメンたちが受を取り合って仲良く（？）喧嘩する、というのは、私は書いていて楽しかったです。

イケメンたち（正確には周防《すおう》先生のイラストがあって初めて、イケメンという設定が本物のイケメンになったわけですが……！）三人のキャラクタをそれぞれ書き分ける楽しさもありました。

恋愛シュミレーションゲームをプレイする気分で楽しんでもらえたらなーと思います（私はその気分で書いていたので！　笑）。恭《きょう》は恋愛シュミレーションゲームの主人公にするには残念な子すぎるかもしれませんが……（笑）。

あとがき

第一稿ではHシーンで、一人しか挿入に至っていなかったのですが、その後担当さんから「読者の皆様がそれぞれのキャラを好きになってくれると思うので！」とご指導いただき、晴れて（？）恭は三人と交わることに……。

どのキャラクターが一番人気か、お聞かせいただけたら嬉しいですっ！

ちなみに私は、恋人にするなら千尋《ちひろ》、結婚するなら乃木《のぎ》、愛人にするなら真行寺《しんぎょうじ》です（笑）。

本著を発行するにあたり、たくさんのご尽力を賜りました担当様。心よりありがとうございます。いつも電話での優しい声に癒されます……！　これからもよろしくお願い致します。

そして、拙著にはもったいないほどの美しいイラストを書いてくださいました周防佑未《ゆうみ》先生、初めて乃木のキャララフを見た時、息が止まるかと思いました……。本当にありがとうございます！

そして何より、今これを読んでくださっている皆様に心よりの愛と感謝をこめまして！　ありがとうございます、大好きです！　ぜひまたお会いしましょう——！

２０１３年　３月28日　茜花らら

LYNX ROMANCE

教《おし》えてください

剛しいら　illust. いさき李果

898円（本体価格855円）

やり手の会社経営者・大堂勇磨のもとに、かつて身体の関係があった男・山陵が現れる。「なにをしてもいいから、五百万貸してくれ」と息子の啓を差し出す山陵に腹を立てた大堂は、啓を引き取ることに。タレントとして売り出そうとするが、二十歳の啓の顔立ちは可愛いものの覇気がなく、華やかさも色気もなかった。まずは自信を持たせるためにルックスを磨き、大堂の手でセクシュアルな行為を仕込むが……。

LYNX ROMANCE

あかつきの塔《とう》の魔《ま》術《じゅつ》師《し》

夜光花　illust. 山岸ほくと

898円（本体価格855円）

長年、隣国セントダイナの傘下にある魔術師の国サントリム。代々人質として王子を送っており、今は王族の中で唯一魔術が使えない第三王子ヒューイが隣国で暮らしている。魔術師のレニーが従者として付き添っているが、魔術が使えることは内密にされていた。口も性格も悪いが常にヒューイのことを第一に考え行動してくれる彼と親密な絆を結び、美しく育ったヒューイ。しかし、セントダイナの世継ぎ争いに巻き込まれてしまい……。

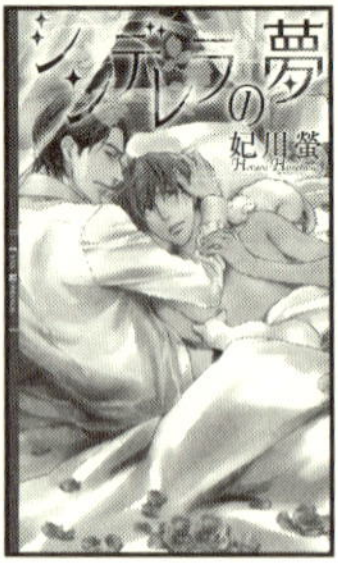

LYNX ROMANCE

シンデレラの夢《ゆめ》

妃川螢　illust. 麻生海

898円（本体価格855円）

祖母が他界し、天涯孤独の身となった大学生の桐島玲は亡き祖母の治療費や学費の捻出に四苦八苦していた。そんな折、受験を控えている家庭教師先の一家の旅行に同行して欲しいと頼まれる。高額なバイト代につられてリゾート地の海外に来た玲は、スウェーデン貴族の血を引く製薬会社の社長・カインと出会う。夢が新薬の開発で薬学部に通う玲は、彼の存在を知っていたが、そのことがカインの身辺を探っていると誤解され……。

LYNX ROMANCE

リーガルトラップ

水壬楓子　illust. 亜樹良のりかず

898円（本体価格855円）

名久井組の若頭・佐古は、組のお抱え弁護士である征眞とセフレの関係を続けていた。

そんなある日、佐古は征眞が結婚するという情報を手に入れる。征眞に惚れている佐古は、彼が結婚に踏み切らないよう、食事に誘ったりプレゼントを用意したりと、あの手この手で阻止しようとする。しかし残念ながら、征眞の結婚準備は着々と進んでいき……。

LYNX ROMANCE

罪人《とがびと》たちの恋《こい》

火崎勇　illust. こあき

898円
（本体価格855円）

母子家庭の信田は、事故で突然母を亡くしてしまう。葬儀の場に父の遣いが現れ、信田はヤクザの組長だった父に引き取られることに。ほとんど顔を合わせることのない父の代わりに、波瀬という組の男に面倒を見られる日々を送ることになった信田。共に過ごすうち、次第に惹かれ合うようになる二人。しかし父が何者かに殺害され、信田は波瀬が犯人だと教えられる。そのまま彼は信田の前から消えてしまい——。

LYNX ROMANCE

サクラ咲《さ》ク

夜光花

898円
（本体価格855円）

高校生のころ三ヶ月間行方不明になり、その間の記憶をなくしたままの怜士。以来、写真を撮られたり人に触れられたりするのが苦手になってしまった怜士は、未だ誰ともセックスすることが出来ずにいる。そんなある日、中学時代に憧れ、想いを寄せていた花吹雪先輩——櫻木と再会する。櫻木がおいかけていた事件をきっかけに、二人は同居することになるが…。人気作「忘れないでいてくれ」スピンオフ登場！

LYNX ROMANCE

初恋《はつこい》のソルフェージュ

桐嶋リッカ　illust 古澤エノ

898円
（本体価格855円）

長い間、従兄の尚梧に片想いをし続けている凛は、この初恋は叶わないと思いながらも諦めきれずにいた。しかし、尚梧から突然告白され、嬉しさと驚きで泣いてしまった凛は、そのまま一週間、ともに過ごすことになった。激しい情交に溺れる日々の中、「尚梧に遊ばれている」だけだと彼の友人に凛は告げられる。それでも好きな想いは変わらなかった凛は、関係が終わるまで尚梧の傍にいようと決心し…。

LYNX ROMANCE

眠《ねむ》り姫《ひめ》とチョコレート

佐倉朱里　illust. 青山十三

898円
（本体価格855円）

バー・チェネレントラを経営している長身でハンサムな優しい男・黒田剛は、店で繰り広げられる恋の行方をいつでも温かく見守り、時にはキューピッドにもなってきた。そんな黒田だが、その実、素はオネエ言葉な乙女男子だった。恋はしたいけれど、こんな男らしい自分が受け身の恋なんて出来るはずがないと諦めている。しかしある日、バーの厨房で働くシェフの関口から突然口説かれて…。

LYNX ROMANCE

夏《なつ》の雪《ゆき》

葵居ゆゆ

illust. 雨澄ノカ

898円
（本体価格855円）

事故で弟が亡くなって以来、壊れていく家族のなかで居場所をなくした冬は、ある日衝動的に家を飛び出してしまう。行くあてのない冬を拾ったのは、偶然出会った喜雨という男だった。優しさに慣れていない冬は、喜雨の行動に戸惑うが、次第にありのままを受け入れてくれる喜雨に少しずつ心を開いていく。やがて、喜雨に何気なく触れられるたびに、嬉しさと切なさを感じはじめた冬は、生まれて初めて人を好きになる感情を知り…。

LYNX ROMANCE

氷《こおり》の軍神《ぐんしん》～マリッジ・ブルー～

沙野風結子

illust. 霧壬ゆうや

898円
（本体価格855円）

中小企業庁に勤務する周防孝臣は企業の海外展開を支援するため、ドイツへ視察に向かう。財閥総帥の次男、クラウス・ザイドリッツに迎えられ、「冷徹な軍人」の印象をもつ美貌の彼と濃密な時間を過ごすことになった。帰国前日、同性であるクラウスの洗練された魅力にあらがえないことに思い悩む孝臣は、ディナーで突然、意識をなくしてしまう。目覚めた孝臣にまっていたのは拘束され、クラウスに「淘汰」されることだった…。

LYNX ROMANCE

闇《やみ》の王《おう》と彼方《かなた》の恋《こい》

六青みつみ

illust. ホームラン・拳

898円
（本体価格855円）

雨が降る日、どこか懐かしく感じる男・アディーンを助けた高校生の羽室悠。人間離れした不思議な魅力を持つアディーンに強く惹かれるが、彼は『門』から来た『外来種』だと気づいてしまう。人類の敵として忌み嫌われ恐れられている彼の存在に悩みながらも、つのる想いが抑えられず隠れて逢瀬を続ける悠。しかし、『外来種』を人一倍憎んでいる親友の小野田に見つかり、アディーンとの仲を引き裂かれてしまい…。

LYNX ROMANCE

濡《ぬ》れ男《おとこ》

中原一也

illust. 梨とりこ

898円
（本体価格855円）

大学時代からの友人で、魔性の魅力を持つ男・楢崎に惑わされる、准教授の岸尾。大学生のころから楢崎に惚れていた岸尾は、楢崎が放つエロスに負け、とうとう一線を超えてしまった。しかし、楢崎の態度はその後も一向に変わらず、さらには他の男に抱かれたような様子まで岸尾に見せてくる。そんな彼に対し、岸尾はついに決別を言い渡すが…。無自覚ビッチに惚れてしまった岸尾の運命やいかに――。

LYNX ROMANCE

幽《ゆう》霊《れい》ときどきクマ。

水壬楓子　illust. サマミヤアカザ

898円
（本体価格855円）

ある朝、刑事の辰彦は、帰宅したところを美貌の青年に出迎えられる。青年は信じられないことに、床から10センチほど浮いていた。現実を直視したくない辰彦に対し、青年の幽霊は「自分の死体を探して欲しい」と懇願してくる。今、追っている事件に関わりがありそうな予感から、気が乗らないながらも引き受ける辰彦。ぬいぐるみのクマの中に入りこんだ幽霊　恵と共に死体を探す辰彦だったが…。

LYNX ROMANCE

理《り》事《じ》長《ちょう》様《さま》の子《こ》羊《ひつじ》レシピ

名倉和希　illust.高峰顕

898円
（本体価格855円）

奨学金で大学に通っている優貴は、理事長である滝沢に対して恩を感じていた。それだけでなく、その魅力的な容姿と圧倒的な存在感に憧れ、尊敬の念さえ抱いていた。めでたく二十歳を迎えた優貴は、突然滝沢から呼び出されて、食事をご馳走になる。酒を飲んだ優貴は突然睡魔に襲われてしまう。目覚めると、裸にされ滝沢の愛撫を受けていた優貴は、滝沢の家に住み、いつでも身体の相手をすることを約束させられ…。

LYNX ROMANCE

暁《あかつき》に濡《ぬ》れる月《つき》［上］［下］

和泉桂　illust. 円陣闇丸

898円
（本体価格855円）

戦争で家族と引き裂かれた泰貴は美しい容姿と肉体を武器に生き延び、母の実家・清澗寺家にたどり着く。当主・和貴の息子として育った双子の兄・弘貴と再会した泰貴は、己と正反対に純真無垢な弘貴に激しい憎悪を抱く。心とは裏腹に快楽を求める肉体――清澗寺の呪われた血を嫌う一方、泰貴は兄を陥れて家を手に入れる計画を進める。そんな中、家庭教師・藤城の優しさに触れ、泰貴は彼を慕うようになるが…。シリーズ第二部！

LYNX ROMANCE

狂《くる》おしき夜《よる》に生《う》まれ

和泉桂　illust. 円陣闇丸

898円
（本体価格855円）

幼い頃、権力闘争で一族を滅ぼされた貴将は関白に復讐心を抱いて育った。優秀な医師となった貴将は、復讐の機会を得るため年下の国主・暁成に近づく。『人誑し』の才と禍々しくも蠱惑的な美貌で暁成を籠絡した貴将は、いつしか孤独で無垢な暁成に惹かれていった。だがある夜、臣下に辱められる暁成のあまりに淫らな真の姿と、秘密を知り…。清澗寺一族に科せられた千年の孤独の呪い、その根源を描く『清澗寺家』シリーズ外伝。

LYNX ROMANCE

いとしさの結晶《けっしょう》

きたざわ尋子　illust. 青井秋

898円
（本体価格855円）

かつて事故に遭い、記憶を失ってしまった着物デザイナーの志信は、契約先の担当である保科と恋に落ち恋人となる。しかし記憶を失う前はミヤという男のことが好きだったのを思い出した志信は別れようとするが保科は認めず、未だに恋人同士のような関係を続けていた。今では俳優として有名になったミヤを見る度、不機嫌になる保科に呆れ、自分がもう会うこともないと思っていた志信。だが、ある日個展に出席することになり…。

LYNX ROMANCE

Zwei《ツヴァイ》

かわい有美子　illust. やまがたさとみ

898円
（本体価格855円）

捜査一課から飛ばされ、さらに内部調査を命じられてやさぐれていた山下は、ある事件で検事となった高校の同級生・須和と再会する。彼は、昔よりも冴えないくすんだ印象になっていた。高校時代に想い合っていた二人は自然と抱き合うようになるが、自らの腕の中でまるで羽化するように綺麗になっていく須和を目の当たりにし、山下は惹かれていく。二人の距離は徐々に縮まっていく中、須和が地方へと異動になることが決まり…。

LYNX ROMANCE

ウエディング刑事《デカ》

あすか　illust. 緒田涼歌

898円
（本体価格855円）

真面目でお人好しの新米刑事・水央は、ある日事件の捜査へ向かう。そこで水央が目にしたのは、ウエディングドレスに身を包んだかつての幼馴染み・志宝路維だった。路維も刑事で、水央とパートナーを組むのだという。昔から超絶美形で天才…なのに恋人だった路維に振り回されていた水央は、相変わらずな路維の行動に戸惑うばかり。さらに驚くことに、路維は水央との結婚を狙っていて!? 二人のバージンロードの行方はいかに!

LYNX ROMANCE

変《へん》身《しん》できない

篠崎一夜　illust. 香坂透

898円
（本体価格855円）

美貌のオカマ・染矢は、ある日、元ヤンキーの本田に女と勘違いされ一目惚れされてしまう。後日デートに誘われた染矢は、いつものように軽くあしらおうとするが、なぜか本田相手にはペースを乱されてしまい上手くいかない。そんな折、実家に帰るため男の姿に戻ったところを本田に見られてしまい…!? 「お金がないっ」シリーズよりサイドストーリーが登場!
女王系女装男子・染矢の意外な素顔とは…。

LYNX ROMANCE

RDC—メンバーズオンリー—

水壬楓子

illust. 亜樹良のりかず

898円（本体価格855円）

RDCのマネージャーである高埜と、オーナーの冬木には知られざる過去があった。高埜は父を亡くしてからは母に何かとあたられ、金が必要になるたび客を斡旋されていた。母に見つからないよう生活費を稼ぐため街で客を捜していた高埜はある日、AVにスカウトされる。しかし、約束に反して無理矢理撮影されそうになり、そのAV会社の社長の冬木に助けられた。その後も何かと面倒を見てくれる冬木に高埜は惹かれてゆくが…。

LYNX ROMANCE

月神《つきがみ》の愛《め》でる花《はな》

朝霞月子

illust. 千川夏味

898円（本体価格855円）

見知らぬ異世界へトリップしてしまった純情な高校生の佐保は、若き皇帝レグレシティスの治めるサークィン皇国の裁縫店でつつましくも懸命に働いていた。あるとき、城におつかいに行った佐保は、暴漢に襲われ意識を失ってしまう。目覚めた佐保は、暴漢であったサラエ国の護衛官たちに、行方不明になった皇帝の嫁候補である「姫」の代わりをしてほしいと懇願される。押し切られた佐保は、皇帝の後宮で姫として暮らすことになり…。

LYNX ROMANCE

マティーニに口《くち》づけを

橘かおる

illust. 麻生海

898円（本体価格855円）

勤め先の社長である芝浦に弱みを握られ、二年もの間愛人生活を強いられてきた氷崎。今の生活から脱却するため、氷崎は芝浦に陥れられて会社、家、何もかもを奪われた男・大堂に近づく。芝浦を失脚させようと二人は新たに会社を設立し、芝浦の会社を脅かしていく。そんな中、氷崎は大堂の優しさや、おおらかな性格に触れ、徐々に彼に惹かれて行く。しかし、芝浦は氷崎に対して執着を見せ…。

LYNX ROMANCE

秘匿《ひとく》の花《はな》

きたざわ尋子

illust. 高宮東

898円（本体価格855円）

病床の英里は、死期が近づくのを感じていたある日、一人の優美な外国人男性が英里の前に現れ、君を迎えに来たと言う。カイルと名乗る男は、英里に今の身体が寿命を迎えた後、姿形はそのままに老化も病気もない別の生命体になるのだと告げた。その後、無事に変化を遂げた英里は自分をずっと見守ってきたというカイルから求愛される。戸惑う英里に彼は何年でも待つと口説く。さらに英里は同族から次々とアプローチされ…。

この本を読んでの
ご意見・ご感想を
お寄せ下さい。

〒151-0051
東京都渋谷区千駄ヶ谷4-9-7
(株)幻冬舎コミックス　リンクス編集部
「茜《さい》花《か》らら先生」係／「周《す》防《おう》佑《ゆう》未《み》先生」係

リンクス ロマンス

一つ屋根の下の恋愛協定

2013年3月31日　第1刷発行

著者……………茜《さい》花《か》らら
発行人…………伊藤嘉彦
発行元…………株式会社　幻冬舎コミックス
〒151-0051　東京都渋谷区千駄ヶ谷4-9-7
TEL 03-5411-6434（編集）
発売元…………株式会社　幻冬舎
〒151-0051　東京都渋谷区千駄ヶ谷4-9-7
TEL 03-5411-6222（営業）
振替00120-8-767643
印刷・製本所…共同印刷株式会社
検印廃止

ISBN978-4-344-82786-8 C0293
Printed in Japan

幻冬舎コミックスホームページ　http://www.gentosha-comics.net